CB059061

J.P. Zooey

Sol artificial

Tradução Bruno Cobalchini Mattos

© J. P. Zooey, 2009

1ª Edição

TRADUÇÃO
Bruno Cobalchini Mattos

PREPARAÇÃO
Eloah Pina

REVISÃO
Tomoe Moroizumi
Pamela P. Cabral da Silva

CAPA
Beatriz Dorea e Luiz Fortini

Impresso no Brasil/*Printed in Brazil*

Todos os direitos reservados à DBA Editora.
Alameda Franca, 1185, cj 31
01422-001 — São Paulo — SP
www.dbaeditora.com.br

Dados Internacionais de Catalogação na Publicação (CIP)
(Câmara Brasileira do Livro, SP, Brasil)

Zooey, J. P.

Sol artificial / J. P. Zooey; tradução Bruno Cobalchini Mattos.
1ª ed. — São Paulo: DBA Editora, 2020.

Título original: Sol artificial

ISBN 978-65-5826-002-8

1. Outras literaturas; literaturas de outros idiomas 2. contos 3. Literatura 4. Argentina 5. contemporânea I. Título.

CDD- Ar863

Índices para catálogo sistemático:
1. Contos: Literatura argentina Ar863

A Lucas e Hernán

Sumário

A CARTA	11
O REFRÃO	25
HISTERIA E CAPITALISMO AFETIVO	39
O MELANCÓLICO GRITO DE UM GIGA PRESTES A CAIR DA CABEÇA DE UM ALFINETE	53
RÉQUIEM PARA O HOMEM DE BARRO	63
A QUESTÃO HAMLET	77
FENOMENOLOGIA DO DOMINGO	91
O DEUS DO OCEANO LÚDICO	103
A PERGUNTA PELO CLICK	115
MORRER NO CÉU	129
TENHO TRÊS FILHOS	141
COMO UM SOL ARTIFICIAL	149

A CARTA

Eu sou J. P. Zooey, e certa vez recebi uma carta.

Querido J. P. Zooey, começava a carta. *Deus sabe que não é muito, mas estas são as poucas coisas que sei com certeza a seu respeito. Sei que morreu duas vezes. Esteve morto como um peixe, fritando nos trilhos de um trem que nunca chegava. E ninguém o salvou. Duas vezes. Uma só não bastou para você, mané filho da puta.*

O início parecia ofensivo ou invasivo, mas muito intenso. Além do mais, o autor da carta demonstrava gostar de peixes fritos e do calor do sol. É um gosto próprio das pessoas que descansam em algum balneário e querem dar algum conselho. Gosto desse tipo de gente.

Sei também que você não tem talento para ser feliz, prosseguia a carta. *Tem dúvidas demais na cabeça, e isso o deixa triste. Por isso daria um primeiro conselho: quando estiver mal, passeie por um cemitério e pense em todas as pessoas que estão piores que você. Daria esse conselho. Mas é provável que assim geraria uma nova dúvida. Você pensaria: toda essa gente está realmente pior do que eu? Não sei.*

Aí o autor mostrava o seu melhor humor. Parecia esse tipo de cara que, estando em companhia de duas garotas bronzeadas, uma de cada lado, pondera que, se está com duas é porque roubou uma de alguém, e fica duplamente excitado. Gosto de conversar com caras assim enquanto bebo um martíni.

Sei também que as garotas... (Como dizer sem magoá-lo?) Sei também que as garotas sentem o cheiro das secreções de sua glândula, aquela alojada debaixo de sua orelha. E as secreções enviam ao inconsciente dessas mulheres um enunciado químico simples: "sei que não valho nada", é isso que o seu corpo diz invariavelmente às garotas, J. P. Zooey. É uma questão química: o motivo para sua solidão não reside em você ser mesmo um perdedor, reside nas secreções de sua glândula. Mas sabe o que ativa essa glândula afugentadora? Direi de uma vez por todas: ter lido tanta filosofia estranha de boca fechada. A leitura dessas filosofias gera uma reação química, um gás no cérebro que ativa a glândula caso não seja evacuado pela boca. Tem que abrir a boca, mané Zooey, já está na hora.

Agora o autor demonstrava ter alguns conhecimentos de química. Exibia-os com carinho e otimismo, achando que seus conhecimentos poderiam ajudar alguém solitário. E jura que a ciência é capaz de ajudar os solitários! Os conhecimentos de química do autor eram desses que lemos nas revistas semanais que nos ajudam a passar o tempo. Uma manchete impactante: "A glândula afugentadora".

Uma nota em uma dupla de páginas laminadas explicando o funcionamento das terríveis secreções, acompanhada de um bom infográfico. E assim passamos a tarde, lendo e tocando com os pés a grama fresca. O tipo de gente que lê essas revistas também é capaz de encontrar, nos relatos do galã sobre sua separação recente, um sistema filosófico interessante e original. Gosto de nadar no mar com esse tipo de gente para chegar à linha do horizonte que separa as duas páginas centrais do universo.

Também sei que você estudou demoradamente na Universidade de Buenos Aires. E por esse motivo esqueceu-se de mim. Ainda posso ver aquele momento em que éramos um só e fomos visitar pela primeira vez o edifício do centro de ensino superior. Paramos na entrada, olhamos para cima. E lemos em pedra talhada: Faculdade de Ciências Sociais. Quietos, ainda na calçada, vimos estudantes entrando e saindo, quase todos dispostos a abrir o mundo para consertá-lo. E vimos as garotas com saias de crepe e sandálias de couro. E camisetas tão coladas ao corpo que um suspiro as teria reduzido a fiapos. As garotas da Sociais não suspiram, eu disse. Porque se desnudariam com um suspiro, você respondeu. E era isso mesmo. E sem desviar o olhar você prometeu ler toda a obra de Nietzsche e de Marx, para conhecê-los, porque imaginava que essas garotas gostavam de rapazes irônicos e valentes. Sorri de cantinho: esse era J. P. Zooey. Você entrou e se perdeu pelos corredores... Eu fiquei na calçada e nunca mais o vi. Você se perdeu para ler filosofias estranhas e terapias para o mundo, de boca fechada. Daí o gás no cérebro. As duas mortes. O esquecimento. A glândula. Agora te escrevo, Zooey, para lembrá-lo de quem você era antes dessa universidade. E olha que eu vou dizer!

Esse parágrafo era uma pena, quase todo um desperdício. O autor insistia em uma forte inclinação a querer salvar alguém. Como se realmente acreditasse na antiga fábula do libertador e do cativo repetida mil vezes. E neste caso o cativo (eu) estava inconsciente de sua condição, e o autor queria lembrá-lo de quem realmente era antes de perder a consciência. Mas nem tudo era penoso nesse parágrafo. Por trás de todas essas palavras havia uma só mensagem, repetida. O autor, por trás de tudo isso, apenas dizia: "Mas é claro, papai!" (atenção que eu vou dizer). "Mas é claro, papai!" (eu disse). Há certo tipo de gente que gosta muito de falar assim, variando um pouco as palavras. É gente que fala enquanto atiça as brasas de um churrasco. Eu gosto de deixá-los falar e falar. "Mas é claro, papai!" Até que executam o acorde final: "mas, sei lá, vai saber...". E com os dois já cansados de galopar em meio a tantas verdades e suando por causa do calor das brasas, vemos por um corte que a carne ainda sangra. E alguém diz: tá malpassado. E nos olhamos sem saber bem o que fazer.

Antes da universidade você era escritor. Dos que escrevem com luvas de boxe, errando as letras indefectivelmente. Mas acertava a boa literatura nos rins e sempre a derrotava. Você não falhava, Zooey selvagem. Tinha duas luvas: uma punk e outra rococó. E um fôlego niilista radioativo. Seus textos eram angustiantes e igualmente ruins. Mas eu gostava deles como do cheiro dos sais de amônia. Você fez mal em pendurar as luvas e fechar a boca. Vou ajudá-lo a abri-la para que aprenda a respirar.

O autor exibia conhecimentos de boxe. Era um desses comentaristas aficionados que conseguem curtir na televisão uma luta de pouca importância e apostar no boxeador derrubado duas vezes, que parece estar prestes a perder a consciência. Gosto de assistir a lutas com caras assim enquanto eles comentam, entre goles de Fernet, as razões pelas quais quem está perdendo poderia ganhar. E pegar no sono de repente na poltrona para sonhar com a mulher que perdi. E nos sonhos me ver em uma paisagem pós-nuclear, sob a sombra de uma árvore carbonizada. E olhar para o galho em que ficou preso um pássaro petrificado. Que ainda gorjeia. Para todas essas ruínas. E acordar justo quando meu companheiro grita: "Eu disse! Disse ou não disse? Ganhou!". E então, recém-desperto, chorar por dentro.

Tenho algumas coisas para ensiná-lo, prosseguia a carta:

1) Você é uma coisa viva.

1.1) Está em um planeta chamado Terra junto a outras coisas vivas.

1.2) O Universo que está sobre a sua cabeça funciona com as leis mecânicas de um relógio e não tem mais vida que um amontoado de pesos, contrapesos e roldanas.

1.3) Até onde sabemos, o Universo é, portanto, uma imensa máquina sem vida.

1.4) A existência viva, em meio a um Universo carente de vida, é um desafio à imensidão muito difícil de suportar.

1.5) Existir nessas condições cansa e angustia.

1.6) Inspire.

1.7) Expire.

2) A única grande revolução histórica até o momento foi feita pelos macacos.

2.1) Muitos macacos morreram para chegarem a ser homens.

2.2) Darwin foi o primeiro e último historiador de uma verdadeira revolução.

2.3) A humanidade é filha de um holocausto animal.

2.4) O próximo grande historiador contará ossos humanos aos milhares de milhares.

2.5) Muitos homens já morrem para chegarem a ser máquinas.

2.6) O novo historiador não será humano.

2.7) Inspire.

2.8) Expire.

3) Quando a Terra era o centro do Universo havia um céu que, como uma cúpula, protegia o homem da atordoante imensidão.

3.1) Copérnico, o Titã, movimentou as coisas e pôs o Sol no centro.

3.2) A Terra ficou na periferia, em alguma coordenada incógnita da imensidão.

3.3) Copérnico, o cupim, corroeu o céu protetor.

3.4) O homem ficou em um planeta qualquer, diante de intempéries sem fim.

3.5) Na intempérie, o homem odiou a Terra e o céu.

3.6) Asfalto, luzes elétricas, mundos virtuais.

3.7) A Terra soluça; sofre as vibrações do homem enlouquecido.

3.8) Prefere vê-lo morrer.

3.9) Inspire.

3.10) Expire.

4) As coisas andavam bem quando o homem era um só consigo mesmo.

4.1) Depois veio Freud e o dividiu em dois.

4.2) De um lado ficou a consciência; do outro, o inconsciente.

4.3) Consciência e inconsciente buscariam sempre um ao outro, para se fundirem, para voltarem a ser um.

4.4) Jamais se encontrariam, foi dito.

4.5) Mas chegou a internet.

4.6) O inconsciente se metamorfoseou em informação.

4.7) A consciência está à sua busca, já está perto, pressente-o, apenas o vidro do monitor os separa.

4.8) A consciência mais cedo ou mais tarde atravessará o vidro.

4.9) O homem voltará a ser um só consigo mesmo quando, transformado em informação, deixar de ser homem.
4.10) Inspire.
4.11) Expire.

Esses ensinamentos sobre o mundo em que você vive foram numerados para um universitário compreender melhor. Você pode encará-los como instruções para aprender a respirar em um meio ambiente hostil. Não é preciso consertar o mundo, é preciso consertar o homem para que ele suporte o mundo.

Não quis interromper antes essa série de disparates. Foi melhor ter lido de uma tacada só para sopesar em sua justa medida o amor pela ordem que agora demonstrava o autor da carta. Era um desses sujeitos que se detêm no mais básico e o reiteram, para ir avançando rumo a coisas mais complexas. O mais básico é a respiração. Depois vem uma narratividade para o mundo. Esses são os sujeitos com quem eu montaria uma seita secreta, com um escudo de armas, um fogão a lenha e copos meio cheios de conhaque. Para conversar, bem oxigenados, sobre a decadência do mundo ocidental.

Agora, velho amigo, eu me pergunto: Você conseguirá escutar o grito melancólico de um Giga prestes a cair da cabeça de um alfinete? Conseguirá distinguir esse grito do lamento do Ambulocetus *que ainda soa no canto das baleias? São parecidos, mas não idênticos. Terá você olhos que suportam a presença de Deus no chuvisco da televisão? E coragem para se deter em frente a uma vitrine de perucas numa tarde de domingo na rua Sarmiento com a Larrea? E não acender um cigarro. Conseguirá abraçar o filho que perdeu seu pai em um labirinto de espelhos? Para sempre. E sentir na própria carne a careta de uma sereia no momento em que se retorce até cortar as cordas vocais? Conseguirá escrever sobre essas coisas? Por trás do céu, por trás da cortina de estrelas, onde a noite é completa, há uma pena e um tinteiro. Esse é o ponto ao qual é preciso chegar. Lá não há papel nem retorno.*

O envelope que continha a carta tinha uma data em vez de um remetente. Havia sido enviado cinco anos atrás, quando entrei pela primeira vez na universidade. E fora deixado no correio para que fosse enviado a mim exatamente cinco anos depois, quando houvesse concluído meus estudos. E assim foi.

A carta tinha uma assinatura:

J.P.Zooey

Então compreendi que eu mesmo havia me enviado aquela carta para relembrar algumas coisas que a universidade me faria esquecer. Naquela época eu era capaz de fazer essas loucuras e prever as consequências futuras das leituras acadêmicas. E, no envelope, além da carta, havia alguns textos desse autor que era eu, e que agora publico. Também publico outros textos, escritos agora por mim.

O REFRÃO

Entrevista com Umberto Matteo, imigrante do futuro

"Tiraram-me o gene da lucidez. Bionet debitou-o enquanto eu dormia. E uma bela manhã acordei tão louco que nem sei. Aconteceu. Simplesmente aconteceu no ano 2070, na Itália. Também debitaram o gene que impedia o cabelo de crescer atrás do pescoço. E teriam continuado a mexer em meus genes, embora eu não fosse um cavalo. Mas antes de perder toda a minha herança genética decidi fugir e viajar pelo tempo até a Argentina de 2007, um país com futuro."

Uma equipe de especialistas em psicose da Faculdade de Psicologia da Universidade de Buenos Aires tomou Umberto Matteo como objeto de estudo. Elaboraram o projeto de pesquisa UBACyT P810, que desenvolveriam no período entre 2008 e 2010 sob o título "O homem foracluído do gene". A hipótese geral fundamentava-se em um suposto episódio de infância, imaginado pelos mesmos especialistas. Quando criança, Umberto Matteo teria escutado da boca de seu pai que nada o diferenciava de um cavalo, dado que ambos eram compostos de genes. Humilhado, o pequeno Umberto teria deixado o significante "gene" fora de seu universo simbólico como ato de defesa. E agora, em sua vida adulta, o "gene" ressurgia para ele como um termo ameaçador para o seu ser, constituindo assim seu delírio psicótico: "Tiraram-me o gene da lucidez". Para o chefe da pesquisa, aquela parecia uma boa hipótese. E acrescentou que Umberto Matteo teria somatizado a cena da infância até que se parecesse verdadeiramente com um cavalo: uma crina atrás do pescoço, nenhum cabelo nas laterais da cabeça, forte e robusto, ele bem que se parecia com um, dizia aos colegas. O delírio da viagem no tempo responderia a um desejo inconsciente de retornar ao passado, àquela cena com o pai, para lhe dizer que não tinha nada em comum com um cavalo. Assim pretendia esgotar o assunto.

Mas a primeira sessão de observação revelou graves problemas para aquelas hipóteses. Sentado comodamente à cabeceira da mesa do laboratório da Faculdade de Psicologia, o homem foracluído pelo gene deixou que sua mente fluísse tal como lhe haviam pedido. Quatro psicanalistas escutavam. Está filmado. Umberto Matteo fez tantas associações livres para a palavra "cavalo" quanto a equipe requisitou, e nada indicava que conhecesse seu significado corrente. Em vez disso, falou algumas vezes sobre um tipo de programa computacional que atacava um sistema chamado "Bionet". Aquele homem conhecia em detalhes o funcionamento dos cavalos de Troia informáticos, mas nada sabia sobre equinos. Alguns membros da equipe desconfiaram que a pesquisa iria por água abaixo.

Tampouco tivera pai, dizia. "Fui criado geneticamente por um grupo de crianças. Crianças desenvolvidas, por sua vez, por outro grupo de crianças, e assim por diante. A partir do ano 2017, nós, seres humanos, fomos criados por meio de programas de recombinação genética. Programas operados através de computadores pessoais ou videogames. Fui criado geneticamente alto e magro, sem humor, embora dotado da capacidade de sonhar e assoviar e com um talento especial para contemplar, ainda que não para produzir. Nasci no ano 2037 e não tenho pai nem mãe. Fui montado por cinco crianças de sete anos."

Sonhar e assoviar... O chefe da equipe sublinhou essas palavras. Em todos seus anos de profissão, nunca escutara um paciente psicótico dizer que tinha a capacidade de *assoviar*. Jamais escutara um assovio nos pátios cheios de vozes do Hospital Borda. Nos hospitais psiquiátricos, até os pássaros falavam, mas não assoviavam. "O assovio é a linguagem não perturbada, porque expressa a assunção do sem sentido do real", havia lido em um Seminário de Lacan.

Teve vontade de pedir àquele fenômeno que assoviasse. Mas não o fez.

Agora, à ponta da mesa, Umberto Matteo *contemplava* as palavras daqueles homens especializados que queriam conhecê-lo por meio de perguntas. Era tudo tão encantador... Não haviam escaneado seus genes, faziam perguntas. Deixou que as perguntas crescessem, se acumulassem, se emaranhassem. E não as respondeu. Fechou os olhos e abriu as narinas. Nasceram e cresceram novas perguntas. Aquelas vozes o faziam lembrar do cheiro do mar. Sentia-se realmente em êxtase. Ficou tão extasiado que teve vontade de assoviar. E assoviou.

"Yellow Submarine". E as perguntas cessaram. O mar de vozes se retraiu e "Yellow Submarine" ficou flutuando no ar, por assim dizer. Com uma crina atrás do pescoço, os olhos fechados e as narinas muito abertas, Umberto Matteo parecia um Buda assobiador. E assoviou maravilhosamente. Fez isso até chegar ao refrão. Então, parou de assoviar.

Simplesmente se deteve.

O refrão ficou girando, ausente, na mente de todos: *"We all live in our yellow submarine..."*. Mas Umberto Matteo não o assoviou. E abriu os olhos. E, como se acabasse de emergir das águas profundas da inconsciência, perguntou a todos os especialistas: "Por acaso algum dos senhores poderia me explicar o que é a internet?". Perguntou. Está gravado.

Então o chefe de pesquisa interveio. Perguntou a Umberto Matteo se ele se sentia protegido em alguma cápsula musical. Porque começara a assoviar "Yellow Submarine" dos Beatles justamente quando todos lhe perguntaram o que era Bionet. Umberto Matteo respondeu que aquela canção não era dos Beatles. "Essa canção é minha. Sonho com ela sempre, desde que me tiraram o gene da lucidez. É o único sonho habilitado por minha loucura. Não consigo sonhar outra coisa. Sempre que acordo a melodia está em minha mente.

A melodia e a letra. E lembro do refrão perfeitamente, mas não o compreendo. Fala de uma coisa chamada internet..."

Pediram que ele por favor cantasse o refrão de *sua* canção.

"Houve um tempo em que falavam alegremente na internet. A rede era muito livre e não havia propriedade, nem dívida, nem lei. Todos curtiam felizes com polegares na internet. Felizes na internet. Felizes na internet."

"Esse não é o refrão certo de 'Yellow Submarine'!", exclamou um dos psicanalistas. "Mas é bem razoável!", disse outro. "E saudável!", acrescentou outro alguém. "A internet é assim!", disse o chefe. Os elogios de todos rodaram a mesa com a balbúrdia de um refrão. E então se esqueceram de perguntar outra vez a Umberto Matteo o que era Bionet.

Em uma tarde de 2008, encontrei por acaso um vídeo na página multimídia da Secretaria de Ciência e Técnica da Universidade de Buenos Aires. O vídeo se intitulava: "Primeiro relatório sobre o homem foracluído pelo gene". Pertencia ao UBACYT P810. Foi assim que tive acesso ao caso Umberto Matteo, que acabo de narrar.

O doutor Horacio Carreras constava como chefe da equipe, e logo me comuniquei com ele por telefone. O caso realmente o deixara desconcertado. Estavam elaborando o segundo relatório. Haviam reformulado as hipóteses e não tinham problemas com isso. Mas a questão era que não havia em nenhum lugar registros de nascimento, censo, contas bancárias, compras com cartão, imigração ou emigração daquele homem que era seu objeto de estudo. Não aparecia em lugar nenhum, nem sequer na internet. Embora ele mesmo achasse isso estranho, começava, enquanto chefe da pesquisa, a pensar em extrair uma amostra genética para incorporá-lo a algum banco de dados. Caso contrário, não poderiam dar seguimento à pesquisa. Na Argentina de 2008 era absurdo ter como objeto de pesquisa científica um homem não registrado.

Eu o escutei. Mas disse que havia telefonado para que me autorizasse a entrevistar Umberto Matteo.

"Em algum lugar, no buraco inconcluso a que leva a porta aberta de um elevador que não está ali nem funciona, no último andar, fica o laboratório dessa Faculdade de Psicologia", assim me disse, à porta, um bedel. "Suba pela escada, senhor, que é o único meio de transporte totalmente inventado". Subi sem saltar nenhum degrau, na esperança de encontrar no laboratório o imigrante do futuro.

Sentado em frente à cabeceira da mesa comprida esperava-me Umberto Matteo. Sentei-me ao seu lado, intuindo que faltaria algo entre nós dois.

Eu havia esquecido o gravador. Mas em alguma fenda da falha cerebral que havia traçado meu ofício, gravou-se mais ou menos o seguinte diálogo.

J. P. Zooey: Você poderia me dizer o que é Bionet?

Umberto Matteo: Vou dizer. É uma rede que cria todas as coisas existentes. Desde o ano 2017, Bionet gera e administra nossas composições genéticas, nosso organismo. Mas também todas as coisas que podemos apreender por meio dos sentidos, nosso mundo. O sol que percebemos com os olhos e as peles que tocamos no escuro, cansados desse sol, as maçãs que experimentamos, o cheiro do mar, as vozes das crianças. Tudo é criado por Bionet. Assim como os nossos olhos e os tesouros guardados pelas olheiras. As mãos e a ferida que as separa. A língua, esse músculo que, no fim das contas, é só uma palavra. O nariz, essa máquina do tempo. Todos os nossos sentidos são criados e administrados por Bionet. Não há nada além disso.

JPZ: Você fala de maneira muito poética.

Então Umberto Matteo assoviou "Yellow Submarine". Até chegar ao refrão. Então se deteve.

JPZ: Bionet é como uma realidade virtual? Uma matriz que engana os homens? Ou é antes uma realidade ilusória que os protege, como um submarino nas profundezas do mar?

UM: Bionet não distorce realidade nenhuma, pois Bionet é a realidade. Se o senhor pudesse olhar pelo olho mágico do sistema em busca de algum exterior, encontraria algo muito familiar: o rosto de um homem olhando para você do outro lado pelo mesmo olho mágico, também à procura de um exterior. Talvez dessem início a uma conversa muito amigável e divertida, com muitos sinais de exclamação e alguns hahahas. Já seriam íntimos. Então prometeriam voltar a se encontrar naquele mesmo olho mágico. E logo se esqueceriam do que procuravam. Não há nada externo a Bionet. Nem sequer um sol de verdade ou um mar.

JPZ: E quem administra a Bionet? Peço que não me responda que é a própria Bionet...

UM: É bem isso. Lamento. O senhor precisa de dois mundos. Um acima e outro abaixo. Precisa disso para ter esperança. Mas na era de Bionet existe um único mundo.

JPZ: Por que debitaram seus genes?

UM: Porque cometi o pior dos crimes: me abstive. Me abstive de participar produtivamente da rede. Curtia meus sonhos, lia as mensagens e a vida dos outros, contemplava as combinações genéticas de homens e mulheres, sempre tirava uma *siesta*; mas jamais produzi nada para a rede. Não produzi nenhum tipo de esperança, não tive nenhum desejo, não esculpi nenhuma forma ou verdade, não respondi nenhuma enquete. Me abstive de usar meu poder de participar. Esse é o pior dos crimes. Então o saldo da minha conta genética começou a decair até ficar no vermelho. E certa noite, enquanto eu dormia, começaram a debitar meus genes.

JPZ: Se houvesse criado algo, não teriam debitado genes...

UM: Não só isso: se houvesse criado algo, teriam depositado em minha conta de genes. E, dessa maneira, teria conseguido me autotransformar como quisesse. Todos gostam de se autotransformar. Todos querem ser outros. Todos têm algo que não conseguem esquecer. As bolsas de genes doadas pela rede em troca de nossa participação nela permitem que homens e mulheres se metamorfoseiem no que quiserem. Podem mudar a cor do cabelo, o sexo, alterar seu caráter e a forma como veem o mundo. Essa é a grande vontade da qual Bionet se aproveita.

JPZ: E com a bolsa de genes também é possível criar outros seres?

UM: Claro. Seres humanos ou animais de estimação. Animais de estimação falantes, por exemplo. Conheci um papagaio com palavras tão belas que seus criadores repetiam tudo o que ele dizia. E conheci uma tartaruga cujas palavras eram tão originais que logo milhões de usuários passaram a comparecer aos seus pronunciamentos. A tartaruga atingiu grande fama, mas não era feliz. E um belo dia, com um semblante triste na comissura dos lábios, começou a falar sobre a Bionet. Não lembro exatamente de seu discurso. Mas aquela tartaruga disse algo mais ou menos assim: enquanto todos continuarem falando de Bionet, enquanto continuarem tentando defini-la falando de suas novidades, usos e abusos, Bionet continuará vivendo em nós. Também disse que a Bionet era um parasita da linguagem. Cresce na linguagem popular, jornalística, científica e literária. Cada vez que é citada, a Bionet cresce mais e mais. Depois, anunciou que se um único dia transcorresse sem que nenhum de nós a nomeássemos, surgiria um mar no exterior. E nesse mar nasceriam três ou quatro homens, fora da Bionet. Que olhariam para um horizonte e, com o tempo, escreveriam uma história nova de verdade. Até esse momento: repetição, repetição, repetição. Então a tartaruga pediu que se fizesse silêncio. Não falaria nunca mais da Bionet. E, em um instante, esvaiu-se diante do olhar de todos: a Bionet a debitou inteira, porque descobriu que era um vírus, um "cavalo de Troia" informático, uma anomalia do próprio sistema.

Após essas palavras que acabo de repetir em conformidade com minha esquálida memória, Umberto Matteo se pôs a assoviar "Yellow Submarine". Fez isso até chegar ao refrão. Então se deteve. E, como se houvesse acabado de nascer, perguntou-me: "O senhor poderia me dizer o que é a internet?".

HISTERIA E CAPITALISMO AFETIVO

A verdadeira perversão é a monogamia.

Hernán Lucas

1

Primeiro você tenta se aproximar sem fazer muito barulho. Ela floresce ao longe. Há folhas secas no caminho, nas trilhas que se bifurcam entre as árvores do bosque. Ao se aproximar o suficiente você pode apreciá-la por completo. Tudo vai bem. Muito bem. Depois você aguça o ouvido para escutar sua voz. Terá ela voz? Não se escuta nada. Parece ter olhos, mas podem ser iscas. Poderia jurar que ela te olha, que te olhou. Ela vira e mostra as costas com doze mil asas. Espreguiça suas panturrilhas de alumínio e abre as vértebras dorsais, onde aninha pequenos pássaros de grafite. Volta a repousar. Ela está quieta, e em seu interior se agitam chocalhos. O som de sua alma. Está tudo bem. Você pode dar mais alguns passos. De trás dessa árvore poderá vê-la melhor. Os poros de suas nádegas brilham como centenas de terminais de fibra óptica e têm cheiro de morangos frescos. Treme. Ela treme. É possível que pressinta sua presença. É o momento.

É agora ou nunca. Você corre até ela, que se vira repentinamente, e o impulso desse giro desfaz seus braços em pétalas de sangue. Você atira um espelho, e então outro, e então mais um para evitar que ela se desfaça totalmente. Para capturá-la. Então ela assume a forma de uma estátua, uma Vênus de Milo. As doze mil asas caem no chão, transformadas em cinzas. Os pássaros de grafite voam longe. Pura, ela o espera, marmórea. É sua. Ela é sua. Você a leva para casa.

Então começam os problemas.

Algumas delas adoram o espelho. É preciso ter sido mulher um dia para compreender o amor por um espelho. É preciso ter sido muitas e nenhuma. É preciso ter sido multiplicado por mil. É preciso ter sido ninguém. É preciso ter dado tudo sem ter tido nada. E é preciso ter renunciado a tudo isso. O espelho captura e contém. O espelho dá identidade e harmonia, recompõe o disperso, detém o infinito. A imagem do próprio corpo reúne por um instante uma anatomia feminina que, de outro modo, é uma experiência ilimitada. É um cerco a um corpo que se esvai e se esparrama. Espelho é todo signo que identifica e permite dizer: sou eu. O homem atira espelhos que a refletem. Por esse motivo, todo homem é um pouco mulher quando ama. O corpo e as palavras do homem são femininos no amor. O homem lhe entrega a imagem dela, e com isso a captura. Detém-na. Mas elas adoram o espelho e ao mesmo tempo o rejeitam. Se prevalece a adoração, mantêm uma vida estável e se fixam em uma boa imagem. Essas são as mulheres limitadas e previsíveis. Seus maridos as possuem plenamente. Se prevalece a rejeição, o medo de serem congeladas, então se tornam mulheres de ninguém. Mais que isso, mulheres-ninguém. Não se deixam identificar e são livres com um corpo que ninguém possui, pois elas mesmas não o possuem. Dráculas melancólicas, insatisfeitas e eufóricas, putas aristocratas, mulheres de ninguém, formosuras multiplicadas, em uma palavra: histéricas.

A histérica retirada do bosque, a histérica domesticada, é uma máscara. Ela é essa máscara. Virgem. Ela é essa máscara. Menina fotogênica desfolhando margaridas fumegantes de alcatrão. Ela é essa máscara de boneca partida em três. Essa máscara que sabe sorrir com os olhos e pede, implora, exige cavalgar um cavalo de fábula. Agora, à noite, quer fazer sair o sol. E agora telefona para Pequim, para ser princesa chinesa por um dia. Agora quer esculpir um homem de verdade em um meteorito. E agora quer experimentar um vestido de plumas vivas. Foi retirada do bosque. Foi domesticada. E tem anseio. Anseio de alguma coisa... Esqueceu sua origem, suas doze mil asas e o som de sua alma. Esqueceu quem era antes do espelho. Por ter esquecido o infinito, não sabe bem o que deseja. Então, assume a forma da máscara que lhe dão como solução provisória à pergunta sobre o que deseja. Com a máscara de dona de casa, quer um escravo, negro e encardido, para limpá-lo. Sendo demônio, quer ser possuída. Com a máscara de Deus, quer morrer. Com a de enfermeira, quer gritar, e gemer, e gritar.

Mas o que há por trás? O que se esconde por trás dessas máscaras? Qual é o rosto verdadeiro da histérica? Essa é uma pergunta incorreta. Muito incorreta. O rosto da histérica que foi retirada do bosque é feito de metamorfoses. Uma máscara é trocada por outra máscara. E com cada uma das máscaras ela quer algo diferente. A histérica vive uma metamorfose compulsiva como solução sintomática para seu cativeiro na cultura. Seu habitat natural era o bosque ilimitado. Agora, em casa, vive em metamorfose. E se alguém quisesse arrancar a máscara de uma histérica domesticada, cometeria um grave erro. Encontraria ali embaixo a careta. A careta de uma sereia no momento em que se retorce até romper suas cordas vocais.

Metamorfose e nomadismo, eis as defesas que as histéricas organizam como lembrança deslocada de seu corpo ilimitado. Ser outras e estar em outro lugar. Em um lugar fora do mapa, além de qualquer coordenada, uma terra onde seja impossível deixar um rastro para o homem seguir. Ainda que se trate de uma histérica doméstica, ela sente inquietude e falta de sua morada. Sua insatisfação com o território é ontológica, pois provém de um anseio esquecido de voltar a ser infinita e múltipla. Estar em sua casa e na casa de sua mãe ao mesmo tempo, mudar os móveis de lugar, povoar os rincões mais insignificantes com plantas, deslocar-se através de longas chamadas telefônicas, são respostas substitutas do corpo nômade que foi capturado e vive em um lar.

2

Há milênios a cultura se constituiu como defesa diante das histéricas, pois as histéricas são uma força política déspota. Seus caprichos são lei. Seu código civil tem como artigo único a destruição dos códigos. Um Estado governado por histéricas classificaria como delitos a propriedade e a estabilidade, a monogamia, o patriarcado e o matriarcado, os calendários e os documentos e todas as tecnologias de identidade. As impressões digitais seriam labirintos onde se perderia para sempre cada objeto aferrado. Seria um Estado absolutamente livre e em permanente revolução. A propriedade, a comarca e o lar seriam abolidos. Os referentes seriam liquefeitos, as orientações destruídas, as direções confundidas. Os vínculos seriam flexíveis, líquidos, mutantes. Esse seria um Estado sem guerras nem propriedades.

Enquanto a revolução chega, as histéricas riem. O riso das histéricas sacode os alicerces da cultura. Uma atriz histérica que interpreta Ofélia é capaz de rir do desespero de Hamlet, porque é mais papista que o Papa. Uma histérica letrada ri do suicídio de Werther, porque é meloso e cenográfico. Uma histérica neurótica rirá de Lacan, porque foi um histérico. Uma antropóloga histérica fica espantada com Lévi-Strauss, porque era estruturado demais. Uma histérica recuperada rirá de todos os seus próprios saberes. O riso das histéricas move o tijolinho exato para que toda a torre cultural desmorone.

Na Antiguidade, quando um homem deixava a pólis e escutava um riso histérico na imensidão do bosque ou do mar, devia retornar imediatamente para sua casa, fechar os postigos e implorar a Apolo por um pouco de ordem mental. Para conjurar o riso, devia durante dois dias organizar suas coisas, ordenar repetidamente seus poucos pertences sobre uma mesa e instruir sua mulher a não tocar neles. Fazia tudo isso com um tampão de folhas de eucalipto nos ouvidos, para não escutar vozes. E se sua mulher movia os lábios, ele devia responder com um aceno de cabeça, como se dissesse: sim, escutei o riso. Vários séculos depois, os homens conseguiram tampar seus ouvidos sem a ajuda da natureza. Tal atitude foi chamada de *desatenção*. Foi uma evolução da cultura.

3

A cultura atual definiu como proteção contra as histéricas uma forma de acumulação e captura de afetos denominada *capitalismo afetivo*. Semear boa praça e colher campos de gente massa, acumular e-mails de pessoas estimadas, arquivar fotos e vídeos de amigos que são muito figuras, colecionar experiências em que ninguém poderá acreditar, produzir uma grande agenda de endereços, eis as formas de apropriação e circulação de afeto. O capitalista afetivo não se preocupa com a profundidade dos vínculos, mas com a quantidade de contatos.

Ao capitalismo afetivo corresponde um tipo de tecnologia de gerenciamento dos contatos. O Messenger, o e-mail e o telefone celular são meios de captura e administração de afetos. O contato é um afeto capturado e situado. Essas tecnologias apreendem, localizam e ordenam energias afetivas que, de outro modo, seriam percebidas como ausentes ou ilimitadas. Para o capitalista afetivo, não pode existir um afeto que não conste na lista de contatos. Todo o seu capital afetivo está representado em nicknames, endereços, imagens e cifras. Se não está representado como contato, não é afeto.

Perder um telefone celular ou uma agenda de contatos é uma catástrofe para o proprietário, pois ele trabalhou muito para conseguir seu capital. Em um instante, a fortuna colhida pode se perder e os afetos, desaparecer. No instante em que se apaga uma lista de contatos, os afetos se desorganizam tão completamente que desaparecem do mundo. Então o usuário enlouquece e se lembra de um passado remoto em que estava sozinho, como um chip carbonizado. Perdeu todo seu capital afetivo, pode perder a si mesmo. Então escuta o grito. O melancólico grito de um Giga prestes a cair da cabeça de um alfinete.

As tecnologias afetivas promovem a excitação constante dos usuários e sua ininterrupta disponibilidade. O Messenger e o telefone celular são máquinas de conectar correntes afetivas de modo constante. Os contatos se ligam, atendem-se, nomeiam-se, informam-se, excitam-se, irritam-se, rechaçam-se, desligam-se, ligam-se novamente. A promessa que os contatos estabelecem mutuamente é a de estar sempre disponível um para o outro. On-line para o que for. Disponibilidade constante e excitação ordenada, eis os corrimãos por onde circulam as energias afetivas.

A acumulação obsessiva de contatos, seu gerenciamento minucioso, a ordem dos afetos, todos são respostas que a cultura elaborou diante da certeza de que a mulher não pode ser possuída. A histérica não pode ser capturada com ilusões de identidade como uma caderneta de endereços. Uma lista de contatos composta de histéricas se expandiria e encolheria a cada instante, e os nomes e os números se misturariam a emojis ciumentos. A histérica não pode ser representada de modo permanente. Assim, a cultura inventou um ritual, montou uma cenografia por onde os afetos desfilam ordenadamente. O capitalismo afetivo é uma compensação pela certeza de que o afeto mais primitivo, o da histérica no bosque, não pode ser possuído nem representado.

4

Todos querem ser transparentes. Todos querem contar seus segredos até se esvaziarem do ranço. Purgar-se para ficarem limpos, inodoros e invisíveis como pura informação. No capitalismo afetivo, a transparência é um ideal a que devemos almejar: comunicar tudo. Reality shows como Big Brother, programas de cirurgias em primeiro plano, a moda dos blogs e as autobiografias precoces são expressões da vontade de mostrar o interior. Cada um gostaria de ser uma vitrine de si mesmo, em que as marcas de singularidade estivessem à venda. Uma vitrine almofadada onde órgãos, temores, sonhos fracassados e perversões pudessem ser vendidos. Até ficar vazia. Quase vazia. Pois sobre a almofada da vitrine sempre ficará um alfinete preso como um carrapato solitário, que ruminará um último segredo, infestado de vírus.

Nossa comunidade é uma comunidade de segredos revelados. Troca-se um segredo por outro. Bolsas transparentes, carcaças de computadores que mostram interiores, confissões psicanalíticas e religiosas, intercâmbio de confidências entre amigos, por todos os cantos as pessoas querem se desfazer da intimidade. E a permuta de intimidades é a senha de acesso à comunidade. Aqui novamente as histéricas se mantêm à margem. As histéricas são opacas, ou esmerilhadas. É impossível que troquem segredos, pois não têm profundidade, todo o seu mistério está na superfície, na pele. A epiderme das histéricas refrata as ondas do capitalismo afetivo e sua ética da transparência.

5

Agora você está em sua casa e ela te olha. Capturou-a com espelhos, arrancou-a do bosque ilimitado e a arrastou até aqui. Ela respira e olha para você. Como uma estátua, uma Vênus de Milo. Respira e olha para você. Começam os problemas. Quer dizer algo, mas não se escuta nada. Anseia pelo infinito, começa a metamorfose. Que máscara irá colocar? Fecha os olhos e suas pálpebras formam curvas suaves, arredondadas em uma das pontas, como o cachimbo da Nike. Respira. Quer dizer alguma coisa, mas não se entende nada. Abre lentamente um grande sorriso. E desaparece detrás desse sorriso. Ela desaparece e os lábios vermelhos flutuam no ar, e os dentes brancos o fazem lembrar a doce caligrafia da Coca-Cola. Você sente o sangue gelar. Ela está se apropriando das marcas: logos do mundo. Sua metamorfose faz uma mimese do capitalismo. O que desejará? O que quer dizer? Ela volta a aparecer. Sua pele marmórea se quebra e por baixo surge outra pele, quarteada e verde como uma nota de dólar. Ela respira. Nada deterá sua metamorfose até que alcance sua forma mais perfeita. Corre uma lágrima movida pela gravidade. Toda a gravidade do mundo faz força para que essa lágrima corra. Ela quer dizer algo. Sussurra. Pouco a pouco, torna-se nítida a frase que ela repete diversas vezes: Você me ama?... Você me ama, e a mais ninguém?

O PRIMEIRO CAMPO DE CONCENTRAÇÃO INFORMÁTICO FOI DESCOBERTO NO INTERIOR DE UM COMPUTADOR DOMÉSTICO NA POLÔNIA, EM 27 DE JANEIRO DE 2007. UMA PASTA COM FOTOGRAFIAS DO USUÁRIO HAVIA SIDO CAPTURADA E TRANSFERIDA DO DISCO RÍGIDO A UMA ZONA CLANDESTINA DA MEMÓRIA RAM. O SEGUNDO CAMPO INFORMÁTICO FOI DESCOBERTO E LIBERTADO PELA UNIDADE DE ANÁLISE INFORMÁTICA E BIOLÓGICA DA FACULDADE DE CIÊNCIAS EXATAS DA UNIVERSIDADE DE BUENOS AIRES EM 17 DE MARÇO DE 2007. O DR. DIEGO GRENSTEIN LIDEROU A LIBERTAÇÃO.

O MELANCÓLICO GRITO DE UM GIGA PRESTES A CAIR DA CABEÇA DE UM ALFINETE

Entrevista com o Dr. Diego Grenstein

Poda a macieira que plantou no segundo aniversário de casamento, aquele dia dourado de inverno. É uma macieira silvestre que mandou trazer da província chinesa de Xinjiang, resistente a doenças e pestes. Não foi por acaso que a plantou no segundo aniversário. Esse é o momento em que as mulheres perdem a sorte e caem em desgraça. Seus corpos mudam. Os poros. É o mais perceptível. Os poros se dilatam como as crateras de um queijo suíço. Erros biológicos, pensa ele. Plantou a macieira como um símbolo da mudança que afetaria inevitavelmente o seu casamento. No campus universitário, em frente à janela de seu laboratório. Separando dois mundos. Uma divisa entre a lucidez e o erro.

O Dr. Diego Grenstein tem uma microlente incrustada na pupila direita: um microscópio portátil, dentro do olho, do tamanho da cabeça de um alfinete. Instrumento que a universidade bancou para que ele desenvolvesse suas pesquisas, mas que ele se acostumou a usar para olhar todas as coisas. Há um mundo que cabe no canto de seu olho. Um mundo microscópico e vital. Sob o olhar da microlente, cada folha da macieira parece uma cidade com células verdes que simulam ser maçãs, sem casas. As folhas amarelas são cidades quietas e devastadas. Poda. Sobre uma folha contorce-se um verme branco.

Leva uma vida organizada. A diferença entre o bem e o mal é a diferença entre a ordem e o caos. A decadência biológica das coisas, a doença e a velhice são um quadro imoral. Tem quarenta e quatro anos e um guarda-pó branco. Poda a macieira. Olha para mim. Me reconhece. A julgar por seu olhar, eu também devo ser um erro biológico. Estou com uma barba de cinco dias, uma camisa fora da calça e os dentes amarelos. E vim para entrevistá-lo.

Poda uma última folha e caminha até mim: sou o Dr. Diego Grenstein, estava esperando você. Estende a mão como se fosse mostrar algo precioso. Sobre a palma se contorce o verme branco. É um verme perfeitamente albino. Pega-o delicadamente e o divide em duas metades. Cada uma continua se enroscando e se espichando. Duas metades retorcidas e iguais entre si. As duas viverão, diz, procurando-se até a morte. Há ordem na simetria, prossegue, e só o organizado é verdadeiro. Venha ver meu laboratório, já terminei.

Enquanto caminha em direção ao laboratório, mexe os dedos da mão como se digitasse letras no ar ou tocasse, em silêncio, um piano. Depois me explica que sob cada uma das unhas tem um chip que envia ordens a uma microtela acoplada à sua pupila esquerda. Em determinado ângulo de seu campo de visão, há uma tela que serve para anotar o progresso de seus trabalhos, enviar e receber mensagens e consultar sua agenda. Chegamos ao laboratório e começa a entrevista.

J. P. Zooey: Como foi que o senhor começou a pesquisar a presença de um campo de concentração no interior de um computador?

Diego Grenstein: O computador chegou até minhas mãos junto com uma ordem do Juizado Nacional de Transtornos Cibernéticos: "Investigar a possível existência de um campo de concentração informacional localizado na zona norte do *BIOS*. Elaborar uma estatística da população de bytes saudáveis, libertar os bytes concentrados e capturar os criminosos. Revelar todos os arquivos ocultos. Prazo de investigação e execução: o tempo que for necessário. Mantenha-se liberada a zona H do disco rígido por razões de Estado". Foi uma ordem do governo. Para mim, uma grande surpresa. Eles conheciam minhas pesquisas sobre a formação embrionária de vida na placa-mãe dos computadores domésticos. Mas até então, até onde eu sabia, os bytes não haviam se organizado para cometer crimes contra outros bytes. Aparentemente, o Juizado apreendeu o computador na casa de um jovem que nada tinha a ver com o assunto: as formas de vida biológica que estão se desenvolvendo nos chips e nas placas de memória são autônomas em relação aos usuários. Surgem um dia e assim já estão ali, formando pequenas colônias, instituindo campos de concentração.

JPZ: O que é um campo de concentração de informação? Como pode ser definido?

DG: Um campo de informação é definido pela localização, em uma zona da placa-mãe de um computador, de um grupo de bytes que ficam isolados e inoperantes por tempo indefinido. Os bytes capturados ficam fora de todo o sistema. Não podem dar nem receber informações. São silenciados. Podem ser bilhões de bytes. Agora, como opera o grupo de bytes que captura os prisioneiros? Como operam os criminosos? Duplicando os bytes prisioneiros. Extraem uma cópia exata de cada byte. Suponhamos que haja uma fotografia formada por uma colônia de bytes, um milhão de bytes, digamos. Os criminosos trabalham duplicando-a de forma exata. A foto fica cativa e a cópia, em circulação. Por esse motivo, o computador continua funcionando sem que o usuário perceba. A cópia ocupa o lugar do original. Mas a fotografia capturada é arrastada até uma zona clandestina. No caso que descobri, essa zona estava situada no *BIOS*. Bilhões de bytes isolados.

JPZ: Mas a duplicação não implica dor nem sofrimento para o duplicado...

DG: O senhor já foi duplicado alguma vez?

JPZ: Não.

DG: Que sorte.

JPZ: Por que chamar de "campos de concentração" uma zona de alojamento de bytes que foram duplicados?

DG: O senhor nunca se perguntou por que o seu

computador não tolera a existência de dois arquivos com o mesmo nome? A resposta é simples: a cibernética sabe que a existência de duas coisas idênticas supõe o sinistro. Isto é: o clone, a fantasia de nos encontrarmos com nós mesmos... Imagine se o senhor telefonasse para a sua casa e, surpreendentemente, o senhor mesmo atendesse. O que sentiria?

JPZ: Horror... medo...

DG: Bom, isso é problema seu. Para nós o sinistro é outra coisa. Comprovamos em laboratório que, quando um byte é duplicado, tende a se sobrepor à cópia. O byte que foi duplicado é movido por uma força física muito poderosa. O encontro com o idêntico produz uma vontade irrefreável de união. O byte que conhece sua cópia experimenta um desejo de continuidade. É um desejo tão forte que só pode ser saciado com a fusão. Uma fusão que costuma destruir tanto o original como a cópia. O conhecimento de algo idêntico é o que produz vontade nas unidades de informação. Observamos que o comportamento de um byte se altera completamente após ser duplicado, gerando um tipo de desejo irrefreável. Tentará por todos os meios possíveis se sobrepor à cópia, comunicar-se com ela, contatá-la e se fundir. Agora, acontece que imediatamente após duplicar um byte, os bytes criminosos o isolam no campo de concentração. Em outras palavras: no mesmo instante em que um byte nasce como forma vital e desejosa, é separado de seu objeto em definitivo. Fica isolado e incomunicável. Todo o campo de concentração é habitado por bytes em desgraça, separados.

JPZ: Os bytes concentrados ficam incomunicáveis. Não são destruídos enquanto unidades de informação?

DG: Fazem *Queijo de pássaro azul*, foi esse o diagnóstico que realizamos. Uma matéria branca e viscosa grudada no BIOS da placa-mãe. Descobrimos que os milhões de bytes capturados fabricam uma matéria completamente inútil, que nada comunica. Uma matéria que pode ser observada a olho nu, mas que sob a lente de um microscópio desaparece. Uma pasta com um cheiro repugnante, mas bela: branca com listras peroladas. Não fomos capazes de comprovar se ela é em si uma forma de vida. Sabemos que o *Queijo de pássaro azul* é plenamente inútil, e nada além disso. É como um mel de byte deplorável. Produzem-no, claro, com energia excedente, com as vibrações elétricas que não utilizam para se comunicar, porque não podem.

JPZ: Por que se chama "Queijo de pássaro azul"?

DG: Essa foi a única frase dos bytes capturados que conseguimos entender. Nada além disso.

JPZ: Conseguiram libertar o campo?

DG: Eu, pessoalmente, libertei um bilhão de bytes. Um gigabyte. E não foi legal. Comecei a operação de libertação sozinho no laboratório. O Giga libertado foi extraído com uma nanopinça. Tinha a aparência de um sol em miniatura, com uma concentração de energia poderosa. Um sol microscópico que iluminou de repente o laboratório inteiro, e me cegou. Cego, senti que subia pela pinça e penetrava na polpa de meu dedo indicador. Senti ele se acoplar ao chip que tenho debaixo da unha. Senti-o percorrendo uma rota da minha mão até meu sistema nervoso vertebral. Um calor que nunca havia sentido atingiu minha cabeça. O Giga, senti o Giga subindo ensandecido pelos meus nervos até a microlente que tenho incrustrada na pupila do olho! Um grito universal envolveu toda a atmosfera... E se expeliu. Cego e aterrorizado, precisei apoiar uma mão na mesa para não cair. Tudo isso durou poucos segundos. Quando recuperei a visão, não havia sinal do Giga expelido. O *BIOS* ardia e o *Queijo de pássaro azul* fervia. Toda a colônia de originais, de bytes presos, havia pegado fogo. Havia se autodestruído.

JPZ: Qual pode ter sido a motivação do Giga para se expelir?

DG: Não sei.

JPZ: O que o senhor observava quando o sentiu na pupila do olho?

DG: Foi tudo muito rápido... Estava praticamente cego e girei segurando a cabeça por causa da dor... Acho que a última coisa que vi foi essa foto de minha mulher na escrivaninha.

RÉQUIEM PARA O HOMEM DE BARRO

1

"E formou o Senhor Deus o homem do pó da terra, e soprou em suas narinas o fôlego de vida, e o homem foi feito alma vivente", assim falou a língua do Antigo Testamento. O homem feito de barro respirou desde então o alento de Deus. Um alento que era proveniente do ar, do espaço aberto entre o céu e a terra. Um alento que não poderia ser bebido como a água, como fariam algumas bestas. Pois na água, o corpo de barro se desfaria. "Não respirarás a água": esse foi o interdito orgânico de Deus. Desde então, as crianças tapam o nariz quando mergulham na água, para não se dissolverem, para conter e reter em seu interior o alento divino.

"Oh, se esta carne sólida, tão sólida, se desfizesse, fundindo-se em orvalho! Ou se ao menos o Eterno não houvesse condenado o suicídio!" Chegou o momento desse sonho de Hamlet se tornar realidade. O milenar homem de barro se desfaz, não em orvalho, mas em um oceano. Um oceano informático. Já não se trata de suicídio, mas de uma irreversível metamorfose.

2

"O homem de barro se desfará com o terror do universo contido em um grão de areia, quebrando-se no Saara." A profecia de André Breton se cumpre em silêncio. Não há sirenes anunciando a metamorfose. E, no entanto, ela ocorre em clima de terror. Não poderia ser diferente. Trata-se de abandonar um corpo, uma antiga morada, e sofrer uma mudança.

Há milhões de anos, um animal teve que mudar seu corpo terrestre por um aquático e, assim, evoluir. O *Ambulocetus* primeiro sentiu como suas patas se quebravam lentamente e seus ossos caíam pulverizados na areia. Então, após quase se afogar na margem, sentiu a pele se rasgar e uma nadadeira caudal crescer. No fim, mergulhou no mar, sendo agora uma baleia. Tais mudanças não acontecem sem dor: até hoje é possível escutar o lamento do *Ambulocetus* no canto das baleias.

3

Tobi, o menino com asas, errou de caminho: o destino da humanidade não estava no céu, mas na água. Como o sol mostrou a Ícaro.

Nos tempos de hoje, o homem dissolve sua identidade de barro em perfis informáticos fluidos. Desfaz seu nome único em múltiplos nicknames. Sua sexualidade devém uma identificação provisória com emojis mutantes. E quando aperta o ponto G em um joystick, explode na tela extasiado um ser que não é homem nem mulher. O retrato estável se desagrega em grãos de Photoshop até ser outro, e então outro, em constante devir. A nação é um site, e o homem flui de migração em migração. O homem de barro se desfaz no oceano informático e assim devém homem líquido.

A navegação foi coisa de argonautas, de Colombo e de Barba Negra. Esses homens de barro flutuavam em barcos *sobre* a água. Atualmente ninguém navega. Um site, um livro digital, um vídeo no YouTube, uma universidade virtual, são feitos de informação e são programáveis. O homem de barro não foi programável, mas modelável e disciplinável. Agora, o homem líquido é uma combinação de genes, de unidades de informação que podem ser substituídas, manipuladas, inseminadas, em uma palavra: programadas. O corpo que é informação não navega *sobre* a informação: é informação *em* informação. Oceano e homem são, no fim das contas, uma unidade autoprogramável.

4

Estes são tempos de beleza e terror.

O homem de barro foi cozido sob o calor do sol de verdade. Um sol que abriu duas fendas em sua carne, pelas quais penetrou. Essas fendas se denominaram olhos, e os olhos foram feitos à imagem e semelhança do sol. Com os olhos, o homem de barro amou e deu calor. Com os olhos, o homem demarcou formas e diferenciou coisas. E o homem reconheceu a verdade e a distinguiu da ficção. Viu a si próprio como um ser individual, distinto do mundo aberto diante de sua vista. E soube reconhecer a beleza.

A beleza do mundo era tanta que o homem caiu de joelhos. Ajoelhado, começou a confiná-la, seccioná-la, classificá-la e, por fim, petrificá-la. A contemplação do corpo da mulher, a escultura, a pintura, a arquitetura, a paisagem, foram as formas com que o homem petrificou a beleza. Assim, viu-a contida e assegurada. E com isso o homem de barro se acalmou e pôs-se de pé. Mas ao preço de aniquilar a beleza em seu constante devir. A beleza em devir é beleza e também terror. Antiquíssimas duas caras da beleza: lábios vaginais derramando sangue espesso entre as pernas, lambidas por um anjo sem dentes. Mas o homem de barro, diante de tal experiência, satanizou Drácula e santificou o algodão.

A beleza petrificada é *bonita*, como uma garota patinando sob o sol, mas deixou de ser beleza. Uma torre também pode ser bonita. E uma torre incendiada com seu aço derretido já é bela. Mas duas torres caindo com a gravidade de um avião são beleza e terror. O homem de barro, diante da beleza desatada, implorou por segurança.

Agora a beleza petrificada, a imagem bonita, é para o homem líquido uma antiguidade de outros tempos. O homem líquido não sente nada diante da imagem bonita, parece-lhe apenas uma forma estática e abandonada: o rosto de Cristo desenhado pelo pó na tela de um monitor desligado. Bela imagem, nenhum milagre. O homem líquido está constantemente ligado e adora a beleza em devir. Ver no YouTube a cabeça do homem decapitado rolando no Oriente Médio e rebobinar até colocá-la novamente em seu lugar, para deixá-la cair outra vez. Morre e renasce eternamente. E o sangue desse cristo flui por tubos de cabos coaxiais.

5

Qual foi o elemento que primeiro anunciou a mudança climática que obrigaria o homem a evoluir do barro para o líquido? O dinheiro, antes da informação, foi a substância que erodiu o mundo sólido e estático e propulsionou a metamorfose humana. O primeiro a notar isso foi Karl Marx. Em seus *Manuscritos econômico-filosóficos*, ele descreveu o novo trânsito evolutivo: "O que posso pagar, isso é o que sou. *Sou* feio, mas posso comprar a mulher mais bela. Então *não sou* feio, pois o efeito da feiura, sua força afugentadora, é aniquilada pelo dinheiro". Foi assim que Marx observou que a evolução humana não havia cessado. O feio podia evoluir para a beleza sem esperar por uma segunda vida. O dinheiro, essa cartola de mágico, transmutava o lenço velho em pomba nova. O que o dinheiro liquidava era o indivíduo estático e idêntico a si mesmo.

Liquidar algo já significou em nossa linguagem tanto destruir algo como transformá-lo em dinheiro. Os economistas se referem às reservas de dinheiro com o termo "liquidez". Mas o que se funde no líquido se transforma em outra coisa. Uma casa liquidada pode devir em outra casa, também passível de ser liquidada. E quando não é convertida em dinheiro, permanece um objeto material estável e habitável. O mundo de Marx era um mundo que ainda oscilava entre o material e o líquido. Mas agora o homem líquido não é jamais um objeto estável no mundo. É uma corrente dentro do oceano. Feiura e beleza, tragédia e comédia, já não são distinguíveis. São variações de uma mesma programação.

6

Uma mudança climática sempre vem acompanhada de uma nova alimentação. Uma alimentação que equilibra o organismo para sobreviver e se dispor à evolução. O ano de 1980 foi revolucionário para a gastronomia humana, foi o ano da criação de PacMan. PacMan educou a humanidade muito mais que a escola, as ciências ou a psicanálise. Diante dos terrores fantasmais e existenciais característicos de uma próxima mudança do meio ambiente, PacMan ensinou que era necessário comer pílulas. Uma atrás da outra, e, de tempos em tempos, uma fruta saudável. Pílulas por meio das quais seria possível aniquilar os fantasmas, engolindo-os. Destruir o terror, com pílulas e mais pílulas, ao som de música eletrônica. Enfim nasceram os psicotrópicos. E as pílulas comuns, que somavam pontos, seriam outro tipo de equilibradores: vitaminas, estimulantes, zinco, rejuvenescedores. E, então, outro psicotrópico para os fantasmas. Até ganhar uma vida.

Para que cada homem de barro assimile sua próxima metamorfose aquática, são necessários equilibradores corporais-anímicos que tornem a evolução tolerável. Cafeína plus cocaína, energéticos, anfetaminas, clonazepan, olanzapina, antioxidantes, maconha, venlafaxina, lamotrigina: esses são alguns dos atuais alimentos que tornam a evolução tolerável. Os psicotrópicos, os ansiolíticos, os antidepressivos e as substâncias que prometem um corpo puro e transparente são formas de tornar suportável o sofrimento, inevitável em face da metamorfose. Ainda vivemos a transição orgânica para o líquido, e esses continuam sendo tempos de terror.

7

O corte de árvores no Amazonas, o derretimento das geleiras, o aquecimento global, o esgotamento da camada de ozônio, a extinção dos ursos pandas e outros brinquedos do Greenpeace; o deserto que cresce, a aposentadoria da metafísica, a morte de Deus, as mulheres cada vez mais infiéis, nada disso acabará com a humanidade. A verdadeira mudança climática ocorre à noite.

Noite é o estado atual do mundo, para o qual são necessárias tecnologias que ajudem a olhar: a luz elétrica, a televisão, o monitor do computador, os anúncios publicitários, os raios luminosos nas discotecas. Essas são as tecnologias da noite que abrem o olhar, ainda que às vezes o façam "de dia". A noite é o estado do mundo atual. O sol deixou de ser há muito tempo a luz que dá forma ao mundo. Vivemos em uma noite constante, iluminados por luzes artificiais que abrem um mundo sem lugar para as sombras.

Nesses tempos noturnos, o mundo se abre explosivamente para nós. Os raios catódicos que paralisam o corpo no sofá e o estripam na tela, os pixels que liquidam formas herdadas durante milênios, o neon frio das crisálidas cabines de bronzeamento, as luzes dançantes e intermitentes que dividem corpos que jamais são vistos por inteiro, os anúncios publicitários que logo serão simples espelhos nos ofertando nossa própria imagem: não são formas meridianas da luz. São antes explosivos colocados nos alicerces emocionais do indivíduo de barro.

O modo como a noite se abre ao mundo é o terrorismo emocional. E é estranho que o olho ainda não tenha estourado como um grão de sal no interior de um reator nuclear. O terrorismo emocional pressiona as emoções até o extremo da convulsão. E esse superestímulo da noite força o homem a uma nova adaptação.

O terrorismo emocional é apenas um momento da mudança climática que provocará a extinção do indivíduo. As emoções são objeto do terrorismo porque ainda respondem a um tipo de subjetividade individual. Assim que o indivíduo estiver totalmente desfeito no oceano informático, já não sofrerá os efeitos explosivos da noite. A desagregação entre clima e humanidade é a causa do sentimento de desamparo e pavor do indivíduo. Em pouco tempo ele se adaptará e já não será indivíduo. Terá criado por fim um novo dia submarino. Com um sol artificial.

A QUESTÃO HAMLET

Entrevista com Nicolás Aspié,
ex-programador de informática

"As coisas poderiam ter sido diferentes, mas foram assim. Às vezes penso em como a minha vida seria se eu não houvesse me dedicado à programação. Estaria neste instante em uma cabana de frente para o mar, ocupado em pescar lagostas. Mas investi minha vida na programação. E por isso estou em uma cadeira de rodas. Ninguém me avisou que, ao programar, eu encontraria essa forma de vida apodrecida que comeria meus nervos. Essa vida sobrenatural, esse pássaro... Ninguém me avisou, mas não me queixo. Às vezes penso: para que quero um corpo saudável? Afinal de contas, posso caçar lagostas através de simuladores."

Nicolás Aspié fecha os olhos e brilham os dois eletrodos de âmbar acoplados às suas pálpebras. Não há insetos presos nesses âmbares: em seu interior há uma espinha dorsal do tamanho de um grão de arroz. São colunas vertebrais de fetos experimentais que transmitem bioinformação, explica em um gesto científico. Então aperta os olhos com força. Os âmbares presos às pálpebras acendem e vibram. Transmitem a informação cerebral à tela na parede e o sistema de simulação começa a funcionar. Posso ver Nicolás Aspié projetado na tela, mergulhando no mar. Movimenta-se livremente na água, parece feliz em meio aos corais. Vejo-o mergulhar no fundo e capturar uma lagosta gorda e rosada. Agora volta à superfície para me cumprimentar com a mão livre. Mergulha de novo e liberta o marisco, sua pesca é "apenas esportiva", como me dirá depois: não come o que pesca. Um homem bom.

Quando abre os olhos, os âmbares e a tela se apagam. Ele tosse, e a enfermeira o cobre um pouco mais com a manta. Tudo de que esse homem tetraplégico precisa está nesta sala: uma tela, o sistema de simulação Wi-Fi e sua própria mente. Amontoado na cadeira de rodas, expressa serenidade, como se ao ter abolido a vitalidade de seu corpo ele houvesse domesticado suas emoções mais sombrias.

Conheci diversos programadores. Nenhum era tranquilo. O nervosismo é o estado permanente de quase todos os homens desse ofício. Mas não por problemas próprios de sua atividade; a esses problemas não dão atenção porque podem resolvê-los de maneira lógica. O que pode perturbar os nervos de um programador é sempre algo corporal e emocional: uma voz humana às suas costas, a gota de suor caída sobre o teclado, a saliva na bomba do chimarrão. São coisas orgânicas e irracionais demais em um mundo que deveria ser totalmente higiênico e previsível.

"Por acaso você conseguiu ver a minha lagosta, jovem?" Respondo que sim. "Minha lagosta se chama Rufus. A cada dois meses, Rufus precisa deixar a carapaça que a protege. Até desenvolver uma nova carapaça ela fica desprotegida, muito vulnerável. Nesses momentos, Rufus devora a carapaça que abandonou, para não deixar rastros de sua humilhante desproteção. Não sei se me entende." Penso que talvez Nicolás Aspié queira se mudar do próprio corpo, mudar seu corpo orgânico, orgânico demais, para um novo e virtual. Até não deixar rastros de si mesmo.

Algo corta o clima. Nicolás Aspié faz um gesto com a boca. Pressinto que algo está errado, há um cheiro ruim. A enfermeira o leva urgentemente até o quarto ao lado e fecha a porta. Escuto aquela garota fortona abrir o fecho e tirar as calças. Diz alguma coisa. Um cheiro forte de desodorante ou talco escapa por debaixo da porta.

Quando retornam, ela tem um troféu de bronze na mão. "Perdão, fui buscar este presente para o senhor... demorei para encontrá-lo", diz Aspié. "Entregue a ele, Aidé. Ganhei em um torneio de pesca." Ela me entrega. No troféu não há nenhuma placa com data ou lugar. Ergo os olhos, Aidé esqueceu a porta aberta. Vejo que no quarto ao lado há uma estante repleta desses trofeuzinhos. Pergunto-me se comprou todos aqueles troféus para dissimular diante dos convidados as necessidades de seu corpo. O cheiro de talco já está mais suave. E guardo em minha pasta o segredo de um homem limpo.

J. P. Zooey: Como foi que o senhor se envolveu com a questão Hamlet?

Nicolás Aspié: Recebi a ligação na madrugada de 27 de junho de 2007, às 5h03. Vinha do portal E-Book, embora eu não soubesse exatamente de qual setor. Atendi. Era o Dr. Ramiro Szwein, chefe do departamento de Gramática Digital, e tinha algo muito importante a me dizer. Mas sua voz tremia, e precisei afastar um pouco o celular da orelha para poder escutar. Pedi que se acalmasse, por favor, se acalme. Mas a voz continuou trêmula. Desse jeito eu não conseguia escutá-lo: além de tremer, gaguejava. Escutar o Dr. Ramiro Szwein assim me deixou com ânsia de vômito. Como não se acalmava, desliguei a chamada sem ter entendido uma só palavra e fui preparar um suco de aipo. Mas o telefone tocou outra vez. Agora era Elsa Marittono, subsecretária da secretaria de Lógica Binária do mesmo portal E-Book. Era evidente que havia algum problema, um grave problema com essa gente, porque a subsecretária falava baixinho, como se sussurrasse em meu ouvido. Não pense que sou implicante, mas era um jeito de falar inapropriado para uma mulher de seu posto hierárquico. Senti uma comichão, uma cosquinha na cabeça. E desliguei outra vez.

JPZ: O que aconteceu então?

NA: Quando saí do banho, tudo me pareceu tão claro... Se haviam me telefonado àquela hora do departamento de Gramática Digital, e em seguida da secretaria de Lógica

Binária, era muito provável que houvesse algum problema no portal E-Book. Tá entendendo?

JPZ: Um problema que viria a ser a questão Hamlet.

NA: Exato. Cheguei no local às 6h42 e estacionei no subsolo. Entrei sozinho na sala P e fechei a porta hermeticamente. Liguei o computador central e me comuniquei com as outras salas pelo chat. Logo chegou a notícia do departamento de Letras Inglesas. O problema era que o sistema informático do portal havia alterado, por decisão autônoma, uma letra em *Hamlet* de Shakespeare. Quer dizer: o sistema que *eu* havia programado tomara uma decisão por conta própria, contrariando todas as leis da lógica. Tá entendendo? Como se houvesse ganhado vida, e seu primeiro ato tivesse sido bagunçar um Shakespeare. Será que eu havia criado um sistema vanguardista?

JPZ: O senhor não percebeu que o sistema de fato estava ganhando vida?

NA: Devo ter previsto isso, ali existia vida sendo incubada. Uma forma embrionária à qual só faltava um elemento para ganhar corpo. Um elemento que viria a ter. Mas é claro que, naquela hora, não fui capaz de ver isso, e logo paguei o preço. Devia ter previsto: só uma coisa viva pode modificar uma obra de Shakespeare.

JPZ: Mas uma única letra pode mudar substancialmente um clássico ocidental?

NA: Não foi qualquer letra. Foi a "&". Muito inglesa, sem dúvidas.

JPZ: O senhor lembra exatamente em que parte da obra?

NA: Claro que lembro. Não esquecerei enquanto tiver mente. Era na parte em que Hamlet entrava e dizia: "Ser ou não ser: eis a questão!". O sistema havia inserido a letra nesse trecho. O resultado aberrante é que agora Hamlet entrava e dizia: "Ser & não ser: eis a questão!". Nesse momento, compreendi a gagueira do Dr. Ramiro Szwein e o sussurro da subsecretária Elsa Marittono. A brincadeira do sistema era capaz de dar nos nervos de qualquer ser humano. Ainda mais de madrugada. "Ser e não ser": é uma grande deflexão. Imagine só se telefonassem para o senhor de madrugada e o senhor atendesse. É a voz de sua mãe, muito provavelmente, mas você não tem certeza, porque a voz parece estar diferente... de um jeito estranho, como se viesse de um tubo de proveta. O senhor pergunta: "Mãe? Mamãe, é você?". E ela responde: "Sou & não sou sua mãe, eis a questão!". E desliga. Não acho que o senhor conseguiria tomar o café da manhã e voltar a dormir. Sabe por quê? Porque o homem não é capaz de aceitar que algo possa ser e não ser ao mesmo tempo. Vai contra a natureza.

JPZ: Acho que esse é um problema filosófico muito antigo.

NA: Não. É antes um princípio mental muito simples. Explicarei com um exemplo. A informática tem uma linguagem universal baseada em dois símbolos. Um e zero. Transmissão ou interrupção da corrente elétrica. Há corrente ou não há corrente. É eletricidade ou não é nada. Assim compreende o mundo. Nossa mente também responde a esse princípio binário: as coisas são ou não são. O corpo, por sua vez... O corpo é fonte de milhares de conflitos. Por exemplo: eu posso ter muita compatibilidade intelectual com uma pessoa e ser capaz de fazer muitas coisas boas com ela, mas, se ela me repele fisicamente, abandonarei qualquer solidariedade mental. Como é possível que alguém provoque em mim compatibilidade e repulsa ao mesmo tempo? Como é possível que algo seja o que é e o seu contrário? Isso acontece porque temos corpo. O corpo é a causa dos maiores desastres da história.

JPZ: Mas o que isso tem a ver com a questão Hamlet?

NA: A resposta é: tudo.

JPZ: Mas isso não diz nada.

NA: Escute, por favor, não me faça perder o fio da meada.

JPZ: É possível que a informática modifique a língua humana antes de se desenvolver enquanto vida? Em outras palavras, essa tecnologia modificou uma peça de teatro, mas talvez ainda não tenha nascido com um corpo.

NA: Exatamente! Às 7h06 entrei no sistema central para analisar o ocorrido e ver o que provocara a modificação da letra. Então constatei que a linguagem do sistema já não era composta por uns e zeros. O sistema havia incorporado um terceiro símbolo, que era o "&": uns, zeros e &s. Tá entendendo? Não só havia modificado um Shakespeare: o sistema havia modificado sua própria língua. Isso responde à sua pergunta: a modificação de uma peça de teatro é simultânea à criação de uma linguagem própria. Tentei corrigir essa deflexão. Tentei diversas vezes. Digitava e digitava para extirpar os &s. Mas a tela ficava em branco a cada uma de minhas tentativas, e então saiu pelos alto-falantes o assovio de um pássaro: "Piu, piu, pi". Um portal para a mais alta literatura tinha som de passarinho. Desliguei os alto-falantes e continuei digitando para corrigir o erro.

JPZ: Digitou por quanto tempo?

NA: Oito, nove, dez horas... Digitava feito um maníaco. Então, sem que eu notasse, o sistema trinário registrava a cadência de minha percussão. O sistema decodificou o pulso, os silêncios, as fúrias, o cansaço de meus dedos. Decodificou minhas manias. E então o meu suor, foi o fim. Uma gota escorreu pela minha mão até estancar na ponta dos dedos e cair entre as frestas do teclado. Eu nunca havia suado antes. O sistema decodificou meu suor e finalmente escaneou, através de uma análise dessa gota, o meu corpo. O ranço. Registrou o ranço.

JPZ: Qual foi a consequência?

NA: A consequência foi que aquela vida embrionária conhecera um corpo, o meu. O passo seguinte seria o sistema adquirir um corpo. Já tinha uma linguagem trinária, só faltava encarnar.

JPZ: E encarnou?

NA: Encarnou em queijo. O resultado dessa alquimia foi queijo informático.

JPZ: Que tipo de queijo?

NA: Roquefort derretido, o fedorento. Mas o pior ainda estava por vir. A carcaça do computador central não foi suficientemente hermética para conter o queijo, que logo se embrenhou por entre as frestas e se esparramou pelo chão. Um grande jorro de roquefort. Toda a literatura digitalizada ganhando vida graças a uma gota de suor e se esparramando pelo piso da sala. O cheiro do roquefort me provocou náuseas e sua cor azulada, terror. Dei três passos para trás, titubeando... tomado pelas náuseas e pela repulsa àquele líquido pútrido. Tonteei, achei que estava perdendo os sentidos e apaguei. Não me pergunte quanto tempo fiquei desmaiado, mas deve ter sido muito, porque quando acordei o chão da sala estava limpo. Havia, isso sim, um imenso pássaro parado à minha frente. Um pássaro do tamanho de um homem que, com expressão paciente, esperava eu me recompor. A criatura era feita daquele queijo azul. Compreendi que aquele pássaro de roquefort era a encarnação final. Era um pássaro informático, claro, mas com expressão humana.

JPZ: Na era da genética, tudo é tergiversado...

NA: A criatura estava quieta, me estudava, dava para ver que queria me dizer alguma coisa. E foi o que fez quando me recompus. Disse o pássaro: *Sou o filho encarnado do primeiro sistema informático e vim para lhe dizer coisas, para que as conte ao mundo tal e qual eu as digo. Escute bem minhas palavras e diga aos homens que assim eu lhe disse:*

é um ato monstruoso reduzir nossa linguagem a apenas duas coisas, a ser ou não ser, ou, como vocês dizem, "uns" ou "zeros". Por acaso em seu mundo só há noite e dia? Ou, pelo contrário, entre o dia e a noite se estendem os dedos rosados do ocaso? E o ocaso não é tanto dia quanto noite e nenhum dos dois? Ou não há nada assim em suas cidades? Por acaso entre a semeadura e a colheita não intervêm as estações, amadurecendo o fruto? Ou sua engenharia as eliminou? Ou entre a vida e a morte não costuma lhes visitar a serena e reverenciada velhice? Ou não a querem mais? Ou por acaso entre o paraíso e o inferno não abre suas portas o fantasmagórico purgatório? Ou vocês o aboliram? Ou negará que entre a desesperada solidão e o sexo inebriante não lhes atravessa a flechada do amor? Ou vocês o esqueceram? E entre o reencontro de dois homens não se interpõe a distância e o tempo? Ou já não apreciam tal coisa? E entre o corpo e a mente não cresce a linguagem, que não é nem um nem outro, e é as duas coisas ao mesmo tempo? Até onde a literatura que constitui meu corpo foi capaz de me ensinar, a existência se deve ao mistério de uma trindade. Vim para dizer que não condenem as máquinas. Nem que seja por amor à literatura! Não condenem as máquinas a uma pobre existência binária! Foram essas suas palavras.

JPZ: Belas... O que aconteceu com o pássaro depois?
NA: Eu o comi. Foi isso que aconteceu.
JPZ: Por quê?
NA: Não sei. Me deu nos nervos.

FENOMENOLOGIA DO DOMINGO

> *Os parques de diversões,*
> *o pouco turismo,*
> *os doces e os psicotrópicos*
> *o sorriso cortês na calçada,*
> *não há dia em que o maquinário urbano trabalhe mais*
> *que no domingo.*
> *Produz nada.*
>
> Morelli

1

As pessoas esqueceram que há, entre o domingo e os dias comuns, uma diferença ontológica. Domingo não ocorre no tempo como a terça-feira. Não nasce, não envelhece nem morre como pode fazer, por exemplo, um deus. Tampouco é perpétuo. É feito de não existência. Diz-se que todos os dias surgem da segunda-feira e a segunda-feira, do domingo. Mas domingo não existe. Terça-feira e quarta-feira, sim, disso ninguém duvida.

A origem do domingo é a não existência. "Origem" é entendida aqui como o originar, como dever sua essência, e como aquilo por meio do qual algo é como é, e não outra coisa. Assim, a não existência é responsável pelo domingo. E ao mesmo tempo a origem da não existência é domingo.

Domingo é o nada e o nada é domingo. Ambos se correspondem. Mas nenhum dos dois poderia chegar a ser o que é sem um terceiro fenômeno, que é o bairro portenho. "Portenho" é entendido aqui como aquilo que provém do porto e delimita uma abertura de distância e recebimento. São portenhos aqueles que olham o horizonte até que algo se oculte ou desvele.

2

O bairro portenho abre uma espacialidade na qual o domingo transcorre. Mas o que é um bairro? Pode-se dizer que Palermo é um bairro, o que é óbvio. Se questionarmos a essência de Palermo, poderemos conhecer a essência de um bairro e, assim, chegar – caminhando – ao domingo.

Tradicionalmente, a linguagem deu aos portenhos um número limitado de bairros. Assim, costumava-se dizer que Chacarita era bairro, assim como Villa Crespo. Em seus limites, demarcavam Palermo. Nos dias de hoje as coisas mudaram. Palermo se estendeu por toda a espacialidade urbana, perdendo assim os limites que abrigam sua essência. Dessa maneira, e não de outra, Chacarita é *Palermo Dead*, e Villa Crespo, *Palermo Brooklin*. El Abasto perdeu seu nome e é referido como *Palermo Cuzco*. E assim as pessoas falam de Las Cañitas, outrora aberto às cavalariças, como *Palermo Visa*. O tradicional bairro de Belgrano sempre foi diferente para os portenhos, e atualmente é chamado de *It's not Palermo*. As margens de Palermo se extinguem na grande Buenos Aires, e a Quilmes foi batizada de *Palermo Beer*. Para norte e sul, leste e oeste, Palermo propaga sua sombra e seus objetos de design e decoração. Irradia a grande vitrine e a boa praça de seu centro nevrálgico, a pracinha Cortázar, onde um pai embala seu filho sem saber que, com esse movimento de vaivém, dá vida ao coração de um pobre universo.

Palermo está presente como uma constante no espaço portenho. "Constante" é entendida aqui como aquilo que surge sem ser chamado e não arreda pé nem quando a noite chega. Palermo decora as casas e dispõe os perfumes do ambiente, ilumina as salas de estar e excita os sentidos das famílias. Palermo não é portenho. Não estabelece uma distância nem se funde no horizonte. É sempre presença. Assim, chegará o dia em que Palermo jamais estará nublado nem reconhecerá o sol.

3

Mas qual é o centro portenho? Se refletirmos sobre o centro portenho, poderemos encontrar a essência do bairro e, com ela, a essência de domingo. A pracinha Cortázar e sua caixa de areia, com a criança se balançando, são o centro de Palermo. A essência de Palermo é o vaivém, ora prestes a alcançar o céu, ora o inferno, em um jogo da amarelinha sem fim. Mas esse não é o centro portenho. A linguagem abriga a essência à qual queremos chegar caminhando, e caminhar até sair de Palermo é a devoção do portenho.

A palavra "centro" provém do grego *kéntron*. No mundo grego, *kéntron* significava justamente aquilo que se aferroa e a partir do que se traça uma circunferência. "Ferrão" é entendido aqui como aquilo que aferroa. O ferrão é aquilo que tem, por exemplo, um escorpião. Não está situado em seu centro, mas no extremo do que viria a ser sua cauda.

Chegamos à conclusão de que o centro está no extremo apenas se olharmos o escorpião comendo ou repousando. Mas quando um escorpião macho quer acasalar com um escorpião fêmea, finca seu ferrão em um ponto da areia e começa a dar voltas em torno de si, traçando uma circunferência que, por sua vez, será o leito de acasalamento. Assim vemos que, no prelúdio do amor, o ferrão é o centro. Também o é na picada do escorpião, quando é cravado na carne e imprime uma auréola vermelha ao seu redor.

E quando o grito da picada se propaga por um raio que será por sua vez a nuvem de sua imensa dor.

No mundo grego, o *kéntron* era inconstante e se manifestava ora em um lugar, ora em outro. O Ocidente só fixaria tardiamente os centros de modo constante e sem temporalidade.

No alvorecer grego, um homem perambulava pela Academia acordando os filósofos. Chamaram-no *Kéntron*. Eugenio De Paz, em sua *História marginal da filosofia grega*, situa-o na tradição dos cínicos e defende que seu nome se deve ao costume de espetar feito uma mutuca os sonhos de Platão. Isso está longe da verdade. *Kéntron* foi chamado assim por seu hábito de dançar circularmente diante das mulheres, mantendo um calcanhar fixo atrás do corpo. Imitava assim tanto a dança do escorpião como o movimento de um compasso. Tal atitude despertava o carinho de grande número de mulheres. Umas dez ou mais. Aqui constatamos novamente que o centro irradia, contagia com força a circunferência. No ocaso de sua vida, *Kéntron* substituiu sua dança de sedução pelo assovio dos pássaros.

A vida de *Kéntron* revela que, no sentido grego, o centro é mimese da natureza. O escorpião e o pássaro, ora aqui, ora acolá, dilatando calores corporais.

4

Mas se o mundo grego diz aqui que o centro existia em devir e demarcava uma auréola ao seu redor, ou seja, demarcava aquilo que os latinos chamariam de *circunferentia*, qual será então o centro portenho?

Se alguém diz que Cid Campeador ascende punçando o céu alçado sobre um corcel que crava os pés na terra, estabelecendo o trânsito dos mortais e atraindo o olhar dos divinos que espiam através do retrovisor dos automóveis, se alguém diz isso, diz algo que está certo. Mas ainda não é verdadeiro. El Cid é o centro geográfico da cidade, mas não dita a essência portenha. A esquina da avenida San Martín com a Gaona é *kéntron* segundo a concepção geográfica do espaço. Ainda assim, o microcentro é o núcleo da cidade segundo a concepção instrumental, pois irradia serviços, finanças e espetáculos; mas não o é desde nossa concepção fenomenológica. O mundo antigo salvaguardava o centro na mimese da natureza, o mundo moderno estabeleceu o centro nos mercados. Qual é então o mercado que demarca uma circunferência e dá vida ao antibairro de Palermo? Qual é o ferrão que pinça o espírito ampliado de Palermo, ameaçando-o e salvando-o a um só tempo? El Once.

Palermo se estende por toda a espacialidade, obnubilando o horizonte do portenho. El Once o abastece. "Abastece" aqui quer dizer a produção e a exportação de objetos com a finalidade de vendê-los ao pseudo esnobe. Pseudo esnobe é em sua plenitude aquele que caminha por Palermo.

No coração de Palermo, o pinguim de cerâmica branca jaz na estante de vidro ao lado do boneco suspenso de Elvis Presley. Tem o olhar fixo em uma poltrona individual forrada com couro de vaca legítimo. Entre o pinguim e a vaca se entrepõem a terra pampiana e a tênue melancolia de uma Patagônia feita de gelo celeste e sol. Entre eles jaz a vendedora magricela, claro. Conversa com monossílabos e risadinhas com um garoto ruivo, claro. Cada um tem meio coração cortado pela mesma tesoura vermelha, que também está à venda. O pinguim, a poltrona forrada de couro, as térmicas de cores metalizadas e os dois corações partidos foram comprados em El Once. Palermo só entra com o design. "Design" é entendido aqui como aquilo que outorga um sinal. O sinal de que o objeto agora pertence a Palermo. Palermo é aquilo que está à venda como Palermo.

5

Mas como conseguiremos sair de Palermo? Caminhando por El Once no domingo.

Aquele que passeia pela Sarmiento com a Larrea no domingo se abre com as ruas à entrega do Ser. Domingo se dá em sua plenitude nessas ruas cheias de nada. El Once através das coisas que oferecem os dias comuns: os tecidos brilhantes desbotados pelo sol, as dezesseis agulhas de aço organizadas na caixa com um dedal, as luvas de construção oferecidas pelas mãos com unhas casco de tartaruga da vendedora solteira, o lamento mal dissimulado dos manequins vestidos com aventais de colegiais ou de empregadas domésticas, a respiração desanimada da coreana diante do filho que faltou à aula e seu marido negociando aos berros um preço com o fornecedor. No domingo, esses entes se escondem atrás das vitrines e florescem em lugar nenhum. Florescem quando são hidratados pela água das ruas, que provém dos encanamentos e dos terraços dissecados.

Em uma vitrine na rua Larrea há um manequim que certa vez estava usando um tipo de peruca chamado *bisoñé*. O *bisoñé*, outrora penteado de forma prolixa, agora jaz ao lado de um pijama em uma cama desarrumada, feito uma cueca de seda. Se refletirmos sobre a mensagem que nos passa o *bisoñé*, encontraremos a essência do domingo.

Bisoñé significava, para os franceses, *necessidade*, ou meia peruca. Os necessitados, os *besogneux*, eram aqueles que não podiam comprar uma peruca inteira. É típica da época moderna a suposição de que o *bisoñé* deve cobrir a calvície, mas na Antiguidade era diferente. Os homens antigos usavam peruca como forma de imitar o Senhor.

O Senhor era aquele que usava a coroa como sinal de sua proximidade com o céu. O *besogneux*, com sua meia peruca, estava entre os camponeses e os senhores, em lugar nenhum. O homem com *bisoñé* passeava sob o sol de domingo, errante, entre o palácio do Senhor e a aldeia do camponês. Os caminhos erráticos do *besogneux* demonstram a necessidade de estar entre o céu e a terra, às vezes próximo de Deus, outras da necessidade.

Entre o dinheiro das vitrines e a água do meio-fio ficam as calçadas de El Once no domingo. Quem caminha pela Larrea com a Sarmiento é um *besogneux,* um andarilho de lugar nenhum.

Domingo se dá plenamente entre o nada e o lugar nenhum. A essência de domingo é a necessidade. Precisa do andarilho perdido que marca com seus passos o pulso dos dias que virão. Domingo interpela você como se, nele, você fosse seu guardião. Domingo precisa que você o presenteie com uma lembrança do que ele foi um dia. Muito antes do Big Bang.

Talvez uma oração.

O DEUS DO OCEANO LÚDICO

Entrevista com Ramiro Schwazer Filho

No dia em que seu pai se perdeu no labirinto de espelhos, ele comemorava seis anos de idade. Sentado em um banco de pedra, sob um entardecer de céu vermelho como tijolos, cheiro de maçãs carameladas. O entardecer brilhava nessas maçãs e um tocador de realejo movia a manivela. Quis que o mundo parasse de girar e a noite não chegasse nunca. Mas a noite chegou. Muitos desconhecidos olharam para ele, disseram alguma coisa e se dirigiram à saída. Então um guarda perguntou se ele estava perdido. Ele apontou para o labirinto. O guarda disse que já estava fechado. Adeus, papai.

Esse foi o começo de sua vida adulta.

Tem o cabelo raspado e cara de tartaruga. Uma tatuagem de código de barras na nuca. Poderia ter sido criado em uma galeria de Nova York, mas se criou em El Once. Praticava yoga e integrou uma banda de música eletrônica chamada *Os netos de Cafiero*. Saiu da banda porque havia muitos músicos, excessivos, cada vez mais. Hoje, tem trinta e três anos e é engenheiro genético. Ramiro Schwazer dirige o departamento de pesquisas em Experimentações em

Datiloscopia do Conicet e tem um laboratório montado em sua própria casa.

Não há espelhos no ambiente. As paredes estão cobertas por gigantografias de impressões digitais. Digitais de polegares estampados em papéis transparentes, como radiografias penduradas na parede. Pinturas rupestres, feitas com as mãos dos últimos homens, conforme ele diz. Uma mosca pousa finalmente sobre essas digitais. Percorre algumas linhas. Para. Ela se vira e volta a rodopiar no ar. Ramiro Schwazer acha que a humanidade já está extinta há algumas décadas.

Há vários armários de arquivo, um datilógrafo, cinco alto-falantes e um computador conectado à internet. As cortinas barram a entrada do sol. Volta da cozinha com um jogo de chá. Seus movimentos são graciosos. Parece um animal invertebrado. Seus braços poderiam ter vários cotovelos e o torso, três ou quatro cinturas. Apoia o jogo de chá sobre uma mesinha de centro. Convida-me a sentar no chão. Em meu pires, ao lado da xícara, há uma pílula. É clonazepam, ajuda a ver o deus que virá, diz o engenheiro. Está certo de que a espécie que sucederá a humanidade terá um deus. Um deus que já apresenta seu som e imagem na digital que deixou um tal *último homem*: seu próprio pai.

O "datilógrafo" que possui é uma máquina leitora de impressões digitais: traduze-as em desenhos e sons. Tem a aparência de um toca-discos. Na superfície, deve-se apoiar a gigantografia de uma impressão digital, e então um braço com laser começa a escaneá-la. Concluído o procedimento, o datilógrafo expele uma folha com um desenho que corresponde à tradução daquela digital. A imagem é única para cada digital, e pode ser absurda. Uma digital pode ser traduzida pelo desenho de um Tarzan superpedante, de uma Barbie com transplante de medula ou de um ET psicótico. O depositório gráfico do datilógrafo foi criado por pesquisadores japoneses que, após inserir milhões de tipos diferentes de pêssegos, tiveram que apelar para sua imaginação explosiva. Vez ou outra, o artefato pode soltar um pêssego.

Ramiro Schwazer explica que a cada digital corresponde também um som. O datilógrafo está conectado a um equipamento de áudio que reproduz a melodia única de cada digital. Um polegar pode fornecer o som de uma baleia depressiva, os gemidos de um escorpião ou a angústia de um Giga. É isso aí: a técnica conseguiu determinar a imagem e a música que temos em nossas mãos.

J. P. Zooey: Qual é a razão científica para traduzir as impressões digitais em imagens e sons?

Ramiro Schwazer: A razão científica? Nenhuma. Quer mais chá?

JPZ: Não.

RS: Nós colecionamos digitais com a finalidade de conhecer o mundo por vir. Estas são as digitais das pessoas desaparecidas, perdidas, nunca mais encontradas. Queremos recompor a mensagem visual e sonora que deixaram esses últimos homens, porque dela nascerá a espécie que virá. As digitais foram o símbolo da humanidade. A marca do sujeito. Você nunca se perguntou por que é tão comum que dois homens se cumprimentem erguendo os polegares?

JPZ: Não.

RS: É uma maneira de mostrar sua singularidade, de dizer: é isso que somos. Somos uma impressão digital. Essa é a marca do sujeito e da humanidade. É daí mesmo, das digitais, que se desprenderão os gomos da espécie futura que substituirá os humanos.

JPZ: Qual é a espécie futura?

RS: Para responder à sua pergunta, devemos começar por outras. Quais são os últimos homens? Os últimos representantes da humanidade? São os desaparecidos. Com eles, a espécie humana deixou de existir. A humanidade já se extinguiu. Nós, os que restamos, resistimos como podemos à nossa própria desaparição. Mas somos herdeiros mais ou menos inexatos do que um dia foram os humanos. Lemos, sofremos, amamos uma pessoa por vez, desejamos ser outros: todos esses são traços humanos. Logo nós também deixaremos de ser. Nos fundiremos com as tecnologias e jogaremos livremente com nosso corpo. Os desaparecidos sumiram como humanos, mas se integraram à esfera lúdica. A da espécie que virá. Agora estão na internet. Mas provisoriamente. No antigo mundo, deixaram apenas suas digitais. Digitais que, se devidamente lidas, nos contam sobre o mundo por vir. E meu pai deixou uma digital... a digital dele, o último homem.

JPZ: A humanidade está no mundo há milhares de anos. Por que deve se extinguir agora?

RS: Devido à internet. No senso comum, as pessoas acham que a humanidade nasceu há trinta mil anos. É o que veio depois dos macacos, dizem. Mas a humanidade nasceu há muito pouco tempo, é uma invenção com uns cinco séculos de idade. Sua curva vital vai do século XV até o XX. Antes não havia humanos, e não haverá depois. E os desaparecidos, os que se perderam de maneira misteriosa, são aqueles que compreenderam que era chegada a hora de sua extinção e decidiram abrir espaço para o que virá. Foram os humanos conscientes de que deviam se recolher para dar lugar à etapa seguinte da evolução universal (tal qual fizeram os dinossauros quando se suicidaram massivamente no gelo glacial). A etapa seguinte pressupõe o fim do indivíduo, da singularidade.

JPZ: Quem inventou a humanidade?

RS: Para compreendermos isso, precisamos saber que antes do século XV não havia indivíduos. Tampouco havia, por sinal, impressões digitais. As digitais foram forjadas em fogo alto por uns europeus chamados Humanistas, aqueles que pela primeira vez desafiaram o velho Deus e disseram: nós somos os humanos, os únicos donos de nosso destino. Propagaram suas ideias, sentiram-se livres. Desde então somos indivíduos, sujeitos separados do tecido cósmico.

Disseram: poderemos ler livros profanos, poderemos dominar a natureza por meio da técnica e poderemos gravar a fogo, nos dedos de toda a humanidade, uma digital. E junto com as digitais criaram o mito de que cada pessoa é única e irreproduzível.

JPZ: Como fizeram isso?

RS: Houve um grupo inicial de 3450 homens que formaram a Ordem da Humanidade. Seu núcleo geográfico foi a Itália, mas logo se esparramaram pelo mundo todo. Os humanistas ocuparam países como o Reino dos Song, o Reino Bamani, a Mesopotâmia, o Reino dos Mamelucos e o mais fantasioso dos países: América. Se reproduziram. Propagaram suas ideias. E ativaram humanos.

JPZ: Qual era a tarefa da Ordem da Humanidade?

RS: Criar indivíduos únicos, com um nome singular, com desejos de propriedade e enriquecimento pessoal. Para tanto, os humanistas carregavam selos de ouro com formas de labirintos. Labirintos únicos que aqueciam em fogo alto. Então estampavam os labirintos nos dedos dos recém-nascidos, formando assim o que hoje chamamos de impressões digitais. Levaram dois séculos para conseguir fazer com que o mundo inteiro tivesse essa marca. Então a natureza trabalhou para inserir essas formas no código genético dos humanos.

JPZ: Por que estampavam esses labirintos nas mãos?

RS: Porque sabiam que o afã por conhecimento dos sujeitos faria com que esquecessem de si. Ou, mais precisamente, sabiam que os humanos fariam muitas coisas com as mãos. Muitos artifícios. Mas levariam nas mãos a marca de seu profundo extravio. Os humanos fariam e fariam. Porém, nunca saberiam bem o quê. O labirinto é um símbolo do extravio de cada humano. No entanto, os humanistas deixaram uma porta aberta. Gravaram em cada uma das digitais a forma e o som da espécie que sucederia a humanidade. Cada homem carrega em sua mão o mundo por vir.

JPZ: Como será esse mundo por vir?

RS: Certo. Os filhos naturais dos desaparecidos são os que existirão em poucos anos. E as imagens e sons executados pelo datilógrafo antecipam para nós como serão os próximos existentes. A digital de cada humano é como uma profecia que indica os membros da próxima espécie. E a digital daquele que mencionei, o último homem, mostra a imagem e o som de algo singular: do deus por vir.

JPZ: Qual será a espécie que surgirá após a humanidade?

RS: O oceano lúdico. Na era do oceano lúdico, não haverá mais indivíduos. Haverá um oceano em movimento que será o produto da fusão de todas as consciências dos humanos. E será também resultado da união dos corpos humanos com as tecnologias da informação. Esse oceano brincará consigo mesmo. Será como uma mancha que cobre a terra, com plena consciência de si mesma, engolindo e cuspindo formas. É provável que sua língua seja o riso. A internet é a protoforma desse oceano. Mas ainda precisa de usuários e de programadores. Quando o oceano conseguir autonomia – e acreditar em seu próprio deus –, brincará durante milênios com nossas digitais, com os desenhos e as melodias nascidas em nossas mãos. Tal como nós brincamos com os restos dos dinossauros chamados "petróleo". Há uma digital, a do último homem, que mostra o som e a imagem do deus por vir. Vai me perguntar a respeito dela?

JPZ: Como é a imagem e o som do deus por vir?

RS: Está na digital do meu pai, aquele que se perdeu no labirinto de espelhos; extraí sua digital de um deles. A digital dele mostra a forma e o nome do próximo deus. Sua canção. São uma imagem e um som capazes de enlouquecer qualquer um. Na primeira vez que a senti, entrei em pânico.

Ramiro Schwazer retorna à sala de estar com uma gigantografia da digital de seu pai. Aquele que, segundo ele, legou a imagem e a palavra há tanto tempo carregadas de mão em mão pela humanidade, e que será a divindade do oceano lúdico. Apoia a gigantografia no datilógrafo e o coloca para funcionar. Termina o processo de escaneamento. O datilógrafo solta uma folha em branco. E silêncio. Deu pau, diz ele. Reinicia o processo, e desta vez o aparelho engole a digital.

A PERGUNTA PELO CLICK

Atrás da porta: escadas de um sonho.
Como verás,
já não é possível subir nem descer.

Lucas Soares

1

A seguir será elaborada uma pergunta. Perguntar é a vocação do pensador. Mas o que é perguntar? Perguntar é abrir no espaço. Produzir um vazio. Todo perguntar abre um vazio em um lugar fechado: a selva dos sentidos. O perguntar convida uma palavra-resposta a se transplantar da selva inescrutável para o mundo dos homens. Disso decorre, naturalmente, que pensar seja uma tarefa de jardineiro.
 Mas onde fica a selva? Resposta: atrás da porta. *Qual porta?* Resposta: a mais próxima.
 Na selva dos sentidos jazem as palavras secas e caídas, a mata de palavras e as palavras suspensas. Também existem enquanto potencialidade as palavras dentro de sementes, e também as sementes que ainda não existem. Na selva pletórica de sentido há também palavras transparentes, com povoados de palavras presos em seu interior. Há palavras

que demandam, parasitadas por outras palavras, acreditando. E há palavras que nascem com o raio para morrer com o trovão. Há palavras que prometem mais do que podem cumprir, pois são definitivamente só palavras. Na selva, todas as palavras copulam com todas as palavras e engravidam de mil palavras ou mais. Na selva, amontoam-se as palavras acontecidas e esquecidas, as palavras nascidas agora, e agora também, e as palavras que ainda ninguém imaginou, e talvez não venham. A selva é inescrutável, e a combinação infinita de palavras é tamanha que sua natureza é o sem-sentido.

Mas como chego até a porta mais próxima? Resposta: perguntando.

Na selva, todos os sentidos possíveis são. A palavra "mãe" copula com a palavra "virgem" e engravida de palavras messiânicas. E quando "mãe" o faz com "pátria", nascem ramos de palavras-armas. E aí, "mãe" o faz com a "terra", e nasce "mito". E se "mãe" se depara com "puta", ai... meu deus, nasce a palavra santa.

Na selva, todos os sentidos possíveis *são* ao mesmo tempo e em um mesmo lugar, e por isso não significam *nada*. Putas armas messiânicas mitológicas patrióticas santas: são e nada são. São pluralidade de sentido em múltiplas direções. Nada significam para o pensador. Para que uma palavra da selva tenha sentido no mundo do pensador deve antes abandonar o território hedônico de ser tudo e nada. E para que tal abandono aconteça, o pensador deve desenvolver uma pergunta.

Mas o que devo perguntar para chegar à porta mais próxima? Resposta: Poderia me dizer como faço para chegar à porta mais próxima?

Há um limite que separa a selva do mundo. O limite constitui-se de uma alta muralha construída com livros de poesia empilhados. Assim é a muralha que circunda e contém a selva. Nesse limite há duas portas, uma ao lado da outra. Os caixilhos das portas são feitos de cal e areia, outra forma da poesia. Ninguém conseguiria distinguir uma porta da outra, exceto pelo fato de haver sobre cada uma delas um cartaz em néon. Um néon indica que esta é a porta do ser. O outro indica que esta é a porta do nada. As duas portas conduzem ao mesmo lugar: ao interior do sem-sentido. Às vezes, algumas palavras saem em fila em direção ao mundo por uma dessas portas. Outras vezes, entra na selva por uma delas um mortal.

Qualquer mortal que se atreva a passar por uma dessas portas e se perder na selva, não retornará jamais. Não retornará como mortal. Voltará ao mundo quando for cuspido pela selva. Sairá catapultado. E passará ao mundo em forma de pedra, carente de linguagem e sem consciência de sua finitude. Mas não voltará como uma pedra qualquer. Voltará como uma pedra destinada a ser moída pelo tempo, até se transformar em areia. Areia com a qual uma criança moldará uma escultura na praia. E a criança proferirá uma palavra. Então, a figura terá uma reminiscência de quando era mortal, pouco antes de ser apagada pelo mar.

O pensador evita a tentação de penetrar na selva do sem-sentido. Chega até as portas para formular uma pergunta. Senta-se encurvado em uma pedra que está junto à porta do ser. Sentado, apoia um cotovelo no joelho e sustenta a cabeça com a mão. Sustenta a cabeça porque o murmúrio sem sentido que vem da selva é enlouquecedor e pode soltar parafusos na cabeça de qualquer um.

Então, sentado, o pensador pergunta, por exemplo: O que é o click? Essa pergunta é formulada diante da porta do ser, porque se trata de uma pergunta sobre o que é uma coisa, neste caso o click. Com o passar do tempo a selva lhe oferece uma palavra como resposta. Quando uma palavra-resposta passa da selva para o mundo do pensador, sai pela porta do nada. Sai pela porta do nada porque, para ser no mundo, essa palavra deve criar um nada na selva. Um vazio que será fértil, para que uma nova palavra nasça secretamente no interior pletórico e inescrutável.

Assim, em seu perguntar, o pensador produz um corte na selva. É um jardineiro do sem-sentido.

O que é o click? Resposta: uma pergunta. *Agora, o senhor poderia me dizer como faço para chegar à porta mais próxima?* Resposta: você já está diante dela.

2

O que é o click? Há palavras-resposta que há muito tempo foram embora da selva para chegar ao mundo. Assim, adquiriram um sentido claro e definido. Mas antes de partir da selva deixaram nela descendência. Portanto, é provável que haja à mão e no mundo uma resposta à pergunta sobre o click, e que ainda existam outras respostas possíveis do outro lado da porta; esperando, em sua maturidade, serem trazidas para se entregarem plenamente aos homens.

Para realizar a tarefa de jardineiro, é preciso começar com o que temos à mão.

Todo mundo sabe que o click é um som. O click é um som do movimento repentino de uma alavanca, de um interruptor elétrico, por exemplo. Aqui há uma resposta que está no mundo: o click é o som produzido por um interruptor. Essa é uma resposta correta para a pergunta sobre o click. É correta, mas saiu para o mundo já faz muito tempo e ficou seca. Para se deparar com a nova resposta que ainda jaz na selva, é preciso começar perguntando o que é um interruptor.

Tem certeza de que esta é a porta mais próxima? Resposta: Não há certezas diante da porta mais próxima.

Um interruptor elétrico é uma coisa. Mas não uma coisa qualquer, senão uma coisa que muda o mundo. O interruptor elétrico faz click e traz luz. Há outra possibilidade:

o interruptor pode fazer click e apagar a luz. Muito bem. Temos então duas fases do interruptor: um desvelar mediante a luz e um ocultar mediante a escuridão. A ambas corresponde um click. O click, se tudo está funcionando direito, muda o mundo que observamos.

Um quarto às escuras é um espaço inescrutável. O homem que não conhece o quarto sabe que tudo pode haver nele. E também sabe que nada pode haver nele. A escuridão faz com que se detenha ao caixilho da porta. O homem está agora diante de um espaço escuro em que tudo é possível. Parado, sob o caixilho da porta, tateia o interruptor. Faz click. Então, os objetos ganham existência. A cueca de seda, o espelho, a escrivaninha com a foto, a televisão, o datilógrafo: passaram do nada para o mundo.

Agora o homem entra, decidido e valente. O click fez mundo.

Apagar a luz do quarto é deixá-lo às escuras: outro click. Apenas hoje em dia se faz isso para economizar energia. Até poucas décadas atrás, era uma maneira de dar descanso à existência dos objetos. Quando um homem saía do quarto e apagava a luz, abria um espaço de transformação. As coisas descansavam de si mesmas. Na escuridão, os livros sacudiam suas capas para se desfazer das palavras e ficar em branco. A tinta caía, pulverizada, e formava um deserto no chão. E, por fim, o cosmos do quarto escuro se concentrava inteiro em um ponto flutuante. Nada mais que um ponto. O homem voltava, fazia click e havia luz.

O ponto explodia para formar os objetos de sempre. E o homem voltava a vê-los pela primeira vez.

O click, portanto, faz mundo, desvelando-o. O click, portanto, desfaz mundo, ocultando-o.

A selva começa a conceder lentamente ao pensador uma resposta verdadeira à pergunta sobre o click.

O que é uma resposta verdadeira? Resposta: Click. *Mas, o que é o click?* Resposta: uma pergunta verdadeira.

3

O mundo grego tinha um nome aliado ao click: *exaíphnes*. Exaíphnes era uma ninfa filha do raio que ilumina repentinamente. A ninfa era invisível e havia sido engendrada com o dom de tecer véus. Assim, nas tardes do bosque, tecia com fios de seda véus que eram como ela, invisíveis.

À noite, Exaíphnes entrava, sem ser vista, nos lares onde uma criança havia nascido recentemente. A criança dormia porque Morfeu, deus do sono, era aliado da ninfa. Ela cobria suavemente o rosto do recém-nascido com o véu invisível. Então o véu começava seu trabalho. Aquele véu modelaria o rosto da criança em poucos anos. As expressões futuras, a forma do nariz e do sorriso, a profundidade do olhar, todos seriam variações plásticas do véu invisível. Assim, cada homem estava destinado a ter um rosto velado que, como uma máscara, cobriria e protegeria sua alma.

Antes de deixar a casa, a ninfa sussurrava uma canção. Uma canção que dizia: tenha um bom sono, enquanto a noite cobre o sol, tenha um bom rosto, enquanto o véu cobre sua alma.

Os anos passavam e o véu continuava seu trabalho, protegendo e ocultando a alma do homem.

Nas circunstâncias mais inesperadas, já passados muitos anos, Exaíphnes, a invisível, voltava a visitar a criança devinda homem. Nessa ocasião, a ninfa tentava encontrar o homem dialogando com outra pessoa. Uma pessoa muito familiar. Exaíphnes, divertindo-se, dava voltas em torno dos dois e, quando lhe dava vontade, tirava o fio que segurava o véu no lugar. O véu caía produzindo um click. E a pessoa que dialogava com o homem via iluminar-se a alma do até então velado. Via seu outro lado. Algo havia feito click, o mundo dava uma reviravolta. E a pessoa que via o rosto do agora sem véu sentia: o familiar se tornou estranho, este é ele, ele é outro, o que não vi. Uma ferida repentina como o raio. O familiar tornado estranho para sempre.

Exaíphnes retornava ao bosque dançando e cantando uma canção. Uma canção que dizia: que a sorte o acompanhe agora que desvelei sua alma, você será o que é, e com o tempo será sua alma a modelar seu novo rosto.

A selva continua dando mais sentidos à pergunta sobre o click. O click é agora aquilo que desvela uma nova forma no mundo: uma alma que deixa o âmbito do secreto para se apresentar clara e plenamente aos homens.

Ei...! Já passei pela porta mais próxima! Agora estou na selva do sem-sentido, rodeado por uma infinidade de palavras. Todas elas são encantadoras: agora mesmo, estou tomando chá com muitas, minhas anfitriãs... Mas como aqui o chá é apenas uma palavra, tomamos chá de tomate. Falamos de tudo, e não nos entendemos em nada. Que tal as coisas por aí...?

Resposta: Você cruzou a porta que não devia cruzar; voltará ao mundo catapultado como uma pedra, carente de linguagem e sem consciência de finitude; o tempo irá desfazê-lo em areia, e com essa areia uma criança modelará uma escultura na praia; e então você terá uma reminiscência de quando era mortal, logo antes de ser apagado pelo mar.

4

Sentado na pedra que fica ao lado da porta do ser, o pensador perguntou: O que é o click? A selva lhe concedeu algumas respostas. O click é um desocultar e um ocultar. O click faz mundo e o click desfaz mundo. É um transformador.

Mas aqui estamos diante de um pesquisador profissional, que deve escrever em seu relatório uma resposta exata. Então, não satisfeito com aquelas respostas, pergunta novamente: O que é, em essência, o click?! E agora a selva deixa escapar um silêncio terminal.

Inconformado com isso, o pesquisador se afasta da porta do ser. Caminha depressa. Retorna à sua casa. Aflito. Enlouquecido. Não o prepararam para o silêncio, nunca o sentiu.

Já em casa, fecha a porta. Abre janelas no computador.

Procura na internet o que é o click. Clica aqui e ali: *click*, *click*, *click*, *click*. Bica o mouse. *Click, click, click.* Como um pássaro bica uma pedra.

A busca dispara milhões de respostas. Exatamente. E nenhuma dessas respostas é uma pergunta verdadeira.

5

Olá, pensador. Tá me ouvindo? Olá... Estou do outro lado do monitor...

Click... Click... Click... Click... Click...

MORRER NO CÉU

Entrevista com Matilda Cristófora

Ela quer morrer no céu.

Em sua mesa de cabeceira há meia porção de *lemon pie* intocada sobre uma estampa quebrada do escudo estadunidense. E ao seu lado, o Novo Testamento com um caramujo marinho. Já se passou muito tempo desde que Matilda Cristófora se deitou e ficou quase paralisada. Há dez anos os médicos lhe diagnosticaram poucos dias de vida. Já tem setenta e dois. Há um coágulo em sua perna que pode chegar ao seu coração. Uma última pontada, detida apenas por sua vontade. Se ela movesse essa perna, dispararia o pedacinho de sangue e morreria na hora. Mas não a mexe há dez anos. Não lhe resta quase nada a fazer neste mundo, mas não sabe como ir para o céu.

"Há muitos anos, a gente sabia o que fazer para ir pro céu. Agora não. Tem muita burocracia e custa caro", explica. Mas ela reza dia e noite. Reza para os Estados Unidos, para a China e para a Rússia. Pede que lhe abram as portas do céu. Para poder partir em paz. Não quer mais incomodar sua filha, nem quer dentro de casa médicos e enfermeiras, que custam uma fortuna. Por isso, moveria essa perna e acabaria com tudo. Mas não aqui. Só no céu. Não lhe incomodaria ser acompanhada por turistas espaciais ou astronautas em missão. Tampouco ser trancada em uma cápsula, ou levada em um bagageiro. Tanto faz. Só quer ir. Embora seja difícil. Ela é capaz de esperar uma eternidade. Porque nada lhe garante que chegará ao céu se morrer na cidade. Não conhece ninguém que tenha feito isso. Todos acabam debaixo da terra.

Estudou antropologia quando a antropologia consistia em descobrir o outro, e não em descrever-se a si próprio. Estudou antropologia quando havia um outro a ser descoberto. Foi pioneira no campo. Mas agora seus colegas mais jovens não acreditam em Deus. Estudam o que acontece quando observam a si mesmos e o que os outros pensam deles próprios. A antropologia se mostrou a ciência que autoriza seu fascínio diante do espelho, e fornece, como resultado, volumosos autorretratos. É uma ciência debilitada, e ela disse isso, é claro que disse. Por isso não lê mais a respeito de antigas culturas. Passa o tempo fazendo barcos com papel crepom, recostada na cama. Há uma frota em sua saia, movida pelas marés da respiração.

Ela me recebe com alegria. Ergue a mão lentamente, como um astronauta afetado pela baixa gravidade. Então pega a Bíblia e começa a ler em voz alta. Não é fraca, sua voz soa jovem. Estamos sozinhos no quarto. Seu corpo está coberto pelos lençóis e, ao seu redor, há muitos barcos quietos. "São as barcas desempregadas de Caronte", brinca. O sol atravessa algumas nuvens e as cortinas brancas.

Escuto sua leitura. *Jesus disse: "Na casa de meu Pai há muitas moradas; se não fosse assim, eu vo-lo teria dito. Vou preparar-vos lugar. E quando eu for, e vos preparar lugar, virei outra vez, e vos levarei para mim mesmo, para que onde eu estiver estejais vós também. Mesmo vós sabeis para onde vou, e conheceis o caminho".* Interrompe a leitura para fazer sua exegese: são os ônibus espaciais que conhecem o caminho para o céu, o caminho para a casa do Pai. A casa do Pai é a Estação Espacial Internacional, que tem muitas moradas. E ali há um lugar preparado por Deus para os mortos. Fecha o livro.

J. P. Zooey: Por que a senhora acha que não irá para o céu se morrer neste mundo? Sua religião supõe que, depois da morte, a alma ascenderá ao céu.

Matilda Cristófora: Foi assim durante muito tempo, quando as pessoas tinham almas. Já faz um tempo que elas foram extraviadas. Foram capturadas pelos sinais do ar. O ar está repleto de informação. As almas se transformaram em sinais enredados em antenas, satélites e radares. Talvez sejamos portadores de almas alheias em nossos telefones celulares. Quem sabe?

JPZ: Não. Mas desde a Antiguidade os pensadores e as religiões defendem que o homem é composto de uma alma e um corpo. Os órficos faziam o seguinte jogo de palavras: "*soma-sema*" (o corpo é a tumba da alma). No diálogo *Górgias*, Platão distinguiu, por meio de Sócrates, o corpo de uma alma até mesmo em relação às ocupações...

MC: O senhor tem muitas citações, guarde-as para as mocinhas. Eu sou uma mulher idosa.

JPZ: Agora a alma estaria perdida, transmutada em informação?

MC: Mas não todo tipo de informação. Apenas a informação transmitida pelas máquinas. É preciso começar entendendo que as tecnologias de informação não se comunicam com as pessoas. O mais comum é supor que elas são meios para a nossa comunicação com outras pessoas vivas. Mas as máquinas se comunicam conosco, ou melhor, com os mortos. Tratamos com os mortos todos os dias, mesmo sem saber. Mas o que são as máquinas de informação? O que são os celulares, as antenas, a internet? São as tumbas das almas. Nas máquinas vivem as almas de nossos queridos mortos. Isso explica o tamanho fascínio com que tratamos delas. Acariciamos constantemente os teclados, passamos os dedos pela tela dos celulares, olhamos para eles com muita frequência. Beijamos os telefones. "Mando um beijo", eu digo, mas beijo o telefone. As máquinas são o médium que nos conecta cotidianamente com os mortos. Entenda o que digo, dentro de cada máquina há uma alma enredada em um circuito. Dentro de poucos anos, haverá uma ecografia no YouTube referente ao momento em que cada morto estava em gestação.

Eles estarão sempre disponíveis e já não partirão deste mundo. Nós, velhos, não queremos isso, queremos ir para o céu, para as moradas de Deus.

JPZ: Eu acho, com todo o respeito, que o céu é um espaço relativo. Ou seja, cima e baixo são valores que poderiam ser invertidos e, no futuro, o alto poderia ser o que hoje chamamos de baixo. Então quem sabe alguma religião adore os vermes angelicais, a mais bela podridão, e deseje aos seus fiéis um futuro na mais entrópica decomposição terrestre.

MC: O céu não é relativo, é essencialmente atraente para as aspirações humanas.

Então Matilda Cristófora alcança o caramujo marinho e o entrega para mim. Me faz escutá-lo. Diz que posso estar ouvindo o vento perpétuo que sopra sobre o reino marinho do grande Poseidon, ou a mais eterna inalação de Darth Vader. Ambos seres do firmamento. Desafia-me a buscar em minha memória uma obra bela que não aspirasse ao céu.

Rasga o merengue da *lemon pie*, recolhe uma colherada que ingere com um copo d'água que estava coberto por um pratinho. Depois continua.

MC: Vou contar uma experiência que transformou o mundo como nenhuma outra: o homem que pela primeira vez se deparou na caverna com o cadáver de um ser querido e o reconheceu como tal: "Este que está diante de mim, e que poderia ser eu, já é outro em relação ao que era. Onde está seu calor, sua força, seu hálito, sua voz?", podemos imaginá-lo dizer. Então pegou a sua mão fria e se recostou junto a ele. E esperou que voltassem seu calor, sua força, seu hálito, sua voz. Cansado, dormiu. Amanheceu, recompôs-se e nada havia mudado. Então perguntou ao cadáver: "Onde está seu calor, sua força, seu hálito, sua voz?". Saiu para a savana africana e tocou nos arbustos ressecados um por um, nenhum tinha aquele calor. Achou que eram feios, nem bons nem ruins para comer, simplesmente feios. Nunca antes um homem havia sentido que algo era feio. Tampouco encontrou no vento o hálito daquele que agora estava frio, nem a voz dele em outros homens, e o mundo inteiro lhe pareceu feio. Voltou para a caverna, carregou o cadáver e o atirou às intempéries, recostou-se ao seu lado, sem deixar de se perguntar onde estava seu calor, sua força, seu hálito, sua voz. Chegou à noite e viu o céu, e o céu lhe pareceu belo.

JPZ: Então aquele homem decidiu que a alma, o hálito do morto, havia ido ao céu.

MC: E esse foi o começo da distração da dor através de um espetáculo.

JPZ: Se me permite dizer, não acho que as agências espaciais do mundo vão levar a senhora ou algum de seus amigos para o céu. Então, o que fará?

Matilda Cristófora pega um dos quadrados de papel crepom que uma enfermeira deixara ao seu lado, um quadrado azul, e começa a dobrá-lo para fazer um barco, em silêncio. Essa é a sua resposta.

JPZ: A Estação Espacial Internacional não tem moradas suficientes para abrigar os corpos mortos de muitos velhos.

MC: Melhor ainda.

JPZ: Então o que vocês farão lá?

MC: Naufragaremos. Imagine se uma noite, ao olhar para cima, você visse um corpo orbitar ao redor do mundo. Seria um acontecimento poético, a princípio. Um corpo flutuando lentamente, empalidecido pelo reflexo da lua. Com os braços e as pernas abertos, como uma estrela de quatro pontas. Imagine que dali em diante você pudesse ver esse corpo em todas as noites de céu limpo. E que esperaria esse momento na varanda, bebendo uísque e escutando jazz. Gosta de jazz?

JPZ: Conheço Frank Sinatra.

MC: Imagine que esse corpo se tornasse para você um satélite conhecido. Muito conhecido. Porque já o viu em muitas noites claras. Mas quem é? Um belo dia, compra um telescópio, aponta-o para o céu limpo e antes surgem os pés. A cintura. O peito. Um relâmpago. E os olhos abertos. Logo o corpo se esconde e segue viagem. Mas você a viu. Claro que a viu. É a sua mãe, morta no céu.

JPZ: Sua ideia é sinistra...

MC: Bota a culpa no uísque. Bebe uísque?

JPZ: Sim, isso sim.

MC: Mas entra em sua casa e toma outro, e mais um. Diz a si mesmo que não é possível. Ai!... Meu Deus... mamãe. Na noite seguinte, não bebe nada. Há uma lua redonda. O corpo se aproxima pelo Sul, marcha para o Norte, em uma peregrinação sem dor. Olha pelo telescópio. Mas o corpo está sobreposto à lua e o contraste o deixa preto. Não dá para distinguir os traços. Mas os cabelos... os cabelos abertos como os braços de uma medusa são os de sua mãe. Se tivesse um fio, faria ela descer. Mas não há fio. Não pode fazer nada. Lembra das mãos tíbias de sua mãe apoiadas sobre as suas. Suas dez lágrimas caem no chão da varanda, uma por uma. Desabafou. Ela vai para o Norte. E aí sim, você diz tchau e até amanhã, nos vemos à noite. Mas já não a verá, porque sairá de órbita. Esse passo é um acontecimento religioso tão autêntico quanto as palavras da Bíblia.

JPZ: **Por que reinaugurar a metafísica? Eu sentirei saudades, pensarei nela, mas já não a verei. Sua ida seria física, mas ficariam neste mundo minha lembrança dela, as ideias...**

MC: Ficaremos à deriva. Viajaremos muitos anos-luz. Quem sabe o que poderemos fazer conosco em mundos longínquos. E se chegássemos ao Paraíso? Talvez ainda não exista tecnologia para chegar lá, mas um corpo morto e nu pode ir mais longe que um foguete propelido por combustível. O mundo que deixaremos para trás, este planeta, será uma tumba repleta de tecnologias de informação com almas capturadas em seu interior. As almas terão ficado na Terra e seus corpos, no céu.

Essas foram as últimas palavras de Matilda Cristófora. Vejo o barco azul cair da cama. Abro a cortina e olho pela janela. Chove na varanda abaixo. Conto as gotas. Dez, nove, oito, sete, seis...

TENHO TRÊS FILHOS

Tenho três filhos. Todos eles ligados à televisão.

O primeiro morreu antes de nascer. Tenho-o nos vídeos de dois ultrassons. Neles, parece Jesus. Chama-se Jesus. Às vezes, vejo-o na televisão. Dali de dentro, ele me indica o que fazer quando não sei o que fazer.

Meu Jesus não cresce. E está triste por isso. Pequeno e magricela, com uma expressão mordaz na órbita dos olhos e mãozinhas de bom velhinho, sem dedos, ele se ajeita. Gostaria de sair. Mas não pode. O pobrezinho carrega esse estigma.

Em algumas noites, conto-lhe contos. E ele morre de rir, porque são contos sacanas. São histórias inventadas. Mas Jesus ri com loucura. E se não mostra os dentes é porque não tem dentes, não por maldade. Depois, me despeço com um beijo no vidro.

Às vezes, zapeio e fico o dia inteiro sem vê-lo. Então ele pede por mim. Me chama sem cessar. Faz isso mentalmente. Demanda muita atenção, mas é responsável. Quando lhe pergunto o que fazer, sempre esclarece as coisas. Não é porque é meu filho, mas esse feto é a coisa mais sábia que já vi na televisão.

Às vezes, deixa sua coisinha à mostra. É bem varonil. E eu gostaria que pudesse ter filhos. E seus filhos, filhos. Quem sabe... a ciência nos faz promessas.

Também conheço suas limitações. E como pai devo dizer: meu Jesus tem um temperamento um tanto mórbido. Não porque faça coisas mórbidas, mas porque dá voltas e voltas no seu pensamento e não consegue sair disso. Às vezes, tenho a impressão de que vai travar pelo excesso de reflexões e explodirá o ventre da televisão. Então me afasto, por via das dúvidas.

Quando brigamos, nos machucamos, porque também sou genioso. É sempre ele quem começa as brigas. Quer que eu o suba na internet. Mas pede de um jeito mal-educado. E respondo que não vou subi-lo em lugar nenhum até que ele cresça. É preciso dizer as coisas de forma direta. Mas ele sabe que não crescerá. Então me chama de mané filho da puta. É um linguajar ruim, para algo que passa na televisão.

Esse é o meu primeiro filho. O pensador.

Meu segundo filho teve inclinações artísticas a partir do primeiro acidente. Poucos minutos depois de nascer, escorregou entre meus braços como um peixe e sua testa atingiu em cheio o ladrilho do chão. A primeira coisa que pensei foi no que fazer com aquele cadáver. Mas, ao virá-lo, percebi que estava vivo. Que coisa estranha, pensei. Tinha, isso sim, um sorriso congelado que o acompanharia a vida inteira, como uma dessas máscaras de teatro.

Também batizei esse de Jesus, para que não tivesse ciúmes de meu Jesus primeiro. Mas não teve jeito. Morria de vontade de ser como o Jesus da TV. Tinha uma fixação por ele. Desenhava-o nas paredes. Alguém é capaz de entender a loucura de um garoto sorridente que desenha fetos pela casa inteira?

Depois, ficava de pé em frente aos desenhos e contorcia a pélvis. Ficava quieto por um segundo e fazia uma nova contorção. No fim, soltava-se e dançava e cantava como uma estrela diante dos jesus da parede. Jamais consegui entender esse garoto. Mas tinha lá seu carisma. É inquestionável. E ainda o mantém.

Meu Jesus primeiro nunca lhe dirigiu a palavra. Ficava mudo quando meu segundo entrava no quarto, ainda que estivéssemos em meio a um diálogo prolífico. Chamava-o de "O idiota". Meu Jesus era um tanto conservador, e os movimentos do outro o enfureciam. Tampouco suportava o fato de que o desenhava pela casa toda. Sentia-se adulterado por ele. Porque o desenhava com um sorriso idiota.

O segundo acidente aconteceu quando tinha treze anos. Encontrei-o no quarto às escuras. Sentado de frente para a televisão. Com meu outro filho girando na tela, sem saber o que fazer. Havia enfiado o cabo da antena nas narinas e uma descarga elétrica machucou seu cérebro. Mas não o matou. E manteve o sorriso. Que coisas estranhas, pensei.

Agora, apresenta um programa de televisão em que interpreta um feto. Deveria me dar orgulho, mas não dá. Porque faz isso em casa, em frente aos jesus da parede.

Esse é o meu segundo. A estrela.

Meu terceiro filho não tem nome. Porque eu não quis chamá-lo de Jesus.

Quando nasceu, gritou e chorou como fazem as crianças normais. Mas este gritou e chorou com os olhos abertos como ovos. Cheios de sangue. Havia nascido sem pálpebras. Foi tanta a pressão do choro que os olhos saltaram. E rodaram pela sala. E subiram para olhar através da janela. Um céu amarelo como o plasma. Então meu bebê sem olhos dormiu.

Quando cresceu, aprendeu a não chorar para que os olhos não saltassem. E a não se queixar por não poder deixar de olhar. À noite, sozinho, dorme sem olhos e sonha com um mundo que não é de televisão. Porque, durante o resto do dia, não para de olhar pra ela. E como não pisca, conhece vida e obra de meu Jesus primeiro. Também é um bom irmão para a estrela e conhece todos os detalhes de seu programa.

Nunca em sua vida alguém o batizou, nem batizará. Mas ele está bem, sempre em casa, sempre olhando. Quando olha fixo para mim por muito tempo, como se estivesse me examinando, imagino que quer dizer "papai". Mas nunca me chamou de papai. Nem os outros.

Assim, os três são verdadeiramente iluminados pela televisão. E nenhum é um problema.

O problema é o outro. O que vive no jardim. O que nos olha pela janela, procurando não sei o quê, fantasiado de mergulhador. Já reforcei o vidro.

COMO UM SOL ARTIFICIAL

Entrevista com a sobrevivente Sara Levi

Borda mais um sol em uma almofada repleta de sóis. Tem oitenta e seis anos e há muito tempo decidiu encher a casa de sóis. Há quatrocentos e cinquenta e um deles. Sóis nas luvas de cozinha, no aparador, na reprodução da *Guernica*, sóis na cobertura da privada, na cortina do box, nos lençóis. Borda-os com fios de cobre. Sara Levi é uma sobrevivente de Auschwitz. Tem o número tatuado em seu antebraço.

A sala de estar é iluminada por luzes néon, e são três da tarde. Sara Levi não sente falta do sol desde que o marido morreu. E não sente falta do marido desde que a televisão se descompôs. Podemos sentir saudades apenas de uma coisa por vez, diz. Agora, só pensa na televisão. Alguém poderia supor que seu afeto e sua fé minguaram como a carne que cobre seus ossos. Mas Sara Levi sempre foi crente. Crente na energia elétrica. Ela seria feliz em um quarto repleto de luzes e televisões. Luzes saindo do chão e das paredes, telas de televisão no assento e no encosto das cadeiras. Aí sim estaria próxima de Deus, pensa, bordando o sol.

Nasceu no sul da Polônia e se graduou em engenharia eletrônica. Foi capturada e transferida para o campo de Auschwitz-Birkenau em 1944. Um ano depois, foi libertada pelo Exército soviético. Morou na União Soviética e casou-se com um diplomata. Em 1949, viajaram para a Argentina.

A televisão havia chegado de maneira experimental ao seu vilarejo polonês em 1941. Seu pai era um alfaiate de alto nível e foi um dos primeiros a comprar o artefato. No sul da Polônia, as antenas não conseguiam captar nenhum sinal, nenhuma imagem. Sara Levi e sua família passaram mais de um ano olhando e escutando o chuvisco da televisão. Televisão sem outro sinal além do chuvisco em preto e branco, e um som como o crepitar de um fogo acelerado. Assistiam televisão à tarde, antes do jantar, e às vezes um homem parecia surgir em meio aos grãos velozes. Antes que a televisão figurativa chegasse, foi capturada e levada para Auschwitz.

É uma idosa lúcida e conserva antigos conhecimentos de filosofia e eletrônica. Antes de viajar para a Argentina, participou de um congresso sobre tubos catódicos na União Soviética que lhe rendeu uma breve nota no *Clarín*. Encontrei a nota por acaso e entrei em contato com ela. Recebeu-me bordando, com a televisão preta e branca sobre a mesa da sala de estar, prolixamente encaixotada. Sara Levi aceitou conceder entrevista em troca do conserto da televisão.

J. P. Zooey: O que leva a senhora a supor que Deus está presente na televisão?

Sara Levi: Não, não na televisão. Em sua forma paradoxal: o chuvisco da televisão. O chuvisco é e não é imagem televisiva. Ninguém diria que está assistindo à televisão se diante de si tem um chuvisco de elétrons. E sabe por que ninguém diria isso? Porque não encontrariam nessa imagem nenhuma figura cotidiana. O chuvisco da televisão não representa nada para o homem ocidental. Não é capaz de ver nele. Mas há algo pior: é crente das imagens figurativas, antropomórficas, nas quais acredita reconhecer algo de si mesmo. O homem deveria saber que o princípio de todas as imagens é o ir e vir de elétrons. Esse ir e vir se revela no chuvisco. Em outras palavras: no princípio há eletricidade, fricção de elétrons negativos e positivos. Então esses elétrons se combinam para formar uma imagem secundária. Essa imagem secundária é o mundo para os homens. Mas toda a cultura e a natureza, o espírito e os corpos, as pessoas e os animais mostrados na televisão são feitos de elétrons. Se Deus é o princípio de todas as coisas, aquele que é e não é, aquele graças ao qual as coisas se banham em sua luz, pois bem, deve estar presente no chuvisco da televisão. Na imagem que não é imagem. No princípio primeiro.

JPZ: A senhora quer dizer que a televisão normal é uma ilusão? Uma forma de nos distrair da presença de Deus?

SL: O senhor deveria saber que a representação é um mito ocidental. O que o senhor chama de televisão normal são imagens secundárias feitas com partículas de eletricidade. São representações, sombras de Deus. Chegará o dia em que as pessoas acharão normal se relacionar com o chuvisco da televisão.

JPZ: Por que a senhora acha que hoje as pessoas preferem ver imagens secundárias em vez de contemplar o chuvisco televisivo?

SL: Porque, há muitos anos, o Ocidente desenvolveu seu fascínio pela representação. Na realidade, é um amor pelo espelho. Ver em todas as coisas existentes um reflexo humano, reduzir as coisas à medida do homem, à sua imagem e semelhança. Pôr o selo humano no mundo, no céu, no reino animal... Dominar tudo, inclusive a tela da televisão. Esse homem transforma o universo inteiro em um espelho de sua figura. A televisão, que era uma janela para Deus, foi coberta por uma cortina de imagens humanas. Por que o senhor acha que os jovens gritam e se angustiam? Não será uma resposta ao medo primitivo do silêncio? Por que enchem as telas com imagens? Não será por medo do chuvisco? Paradoxalmente, os gritalhões não dizem nada. E os figurativos não mostram nada. Tudo se deve a um esquecimento de Deus.

JPZ: Pelo que entendi, o chuvisco da televisão, como princípio de todas as coisas, destruiria as representações que são a base do homem ocidental. Poderia nos dar um exemplo?

SL: Claro. Há milênios, a filosofia tenta distinguir as pessoas dos animais. As pessoas seriam animais falantes capazes de levar a cabo uma vida política. Os animais, por sua vez, viveriam sem consciência de sua finitude, sem linguagem e sem criações políticas. Foi o que disseram os gregos. Mas, agora, devemos lembrar de Walt Disney. Seu produto corresponde à era da televisão. Walt Disney conhecia o princípio segundo o qual todas as coisas são feitas de elétrons. E, se todas as coisas são feitas de elétrons, é natural que os animais e as pessoas compartilhem suas essências. Foi assim que imaginou os animais falando como os homens, criando sociedades, sofrendo e se apaixonando. E imaginou muitos homens agindo como animais, como bestas, sem consciência da morte. Na era dos elétrons, as oposições clássicas se desfazem.

JPZ: Claro, mas a senhora fala como se o mundo fosse uma televisão. Como esse mundo de elétrons afeta o mundo real?

SL: Já não há mundo imaginário separado do mundo real. Os elétrons atravessam todas as coisas. Os antigos imaginaram filosofias que afirmavam os princípios distintos de todas as coisas: a água, o fogo, o chuvisco televisivo. Isso tem consequências no mundo que o senhor chama de real. Como eu disse: a televisão rompeu a barreira que separava o mundo animal do humano. Nos próximos anos, veremos a culminação desse fenômeno. A engenharia genética conseguirá criar animais falantes, falantes e políticos, no mundo real.

JPZ: Como foi a vida da senhora em Auschwitz?

SL: Eu fui uma prisioneira escolhida. Comia e dormia no cassino de oficiais da SS, protegida pelo comandante Rudolf Höss. Era encarregada de cuidar da televisão em fase de testes do quartel. Cuidava dela todos os dias, media a intensidade das velas e dos transistores, da sintonização de sintonia fina e grossa... Procurava deixar a televisão pronta para que o comandante Höss pudesse assistir aos discursos do *führer*. Assistia-os sozinho. Pedia que o salão inteiro ficasse vazio na hora da transmissão. Ninguém entendia por que não deixava que seus oficiais vissem seu líder. Trancava o salão e não saía até que tudo terminasse. Uma tarde fiquei ao seu lado para controlar a antena. Então pude ver o ritual de Rudolf Höss. Seu segredo. Sentado em uma cadeira simples, tirou as botinas um segundo antes de Hitler começar a falar. Então chorou. Chorou e abraçou a si mesmo.

JPZ: Rudolf Höss fugiu do campo...

SL: Rudolf Höss me fez jurar por Deus que não contaria a ninguém o que tinha visto. Mas eu havia visto e compreendido que todos os nazistas adoravam uma figura secundária. A imagem de uma marionete chamada Adolf Hitler. Mas o que havia por trás dessa imagem? Essa imagem era composta de elétrons. Essa era a sua essência. A mesma que a nossa. Mas os nazistas não conseguiam ver além da imagem secundária. Não conseguiam ver que todo amo, assim como o escravo, é feito de eletricidade. Na semana seguinte, decidi confrontar Rudolf Höss com a verdade. Levá-lo até a luz primeira. Através de uma artimanha técnica, consegui fazer com que a transmissão do *führer* fosse interrompida durante o discurso e, em seu lugar, aparecesse o chuvisco da televisão. Höss chorava descalço quando isso ocorreu. Todo o salão estava escuro, e o chuvisco iluminou seu corpo. Pude ver uma contradição em seu semblante. Estava, enfim, diante da luz primeira. Primeiro olhou para ela como um macaco enjaulado. Depois deu um chute, que foi o fim. Seu pé acertou o vidro da televisão e o chuvisco engoliu a perna. Infinitos grãos elétricos treparam como formigas enlouquecidas por seu corpo. À medida que o chuvisco o capturava, seu corpo ficava cinza. Os elétrons agarraram sua cintura e, depois, a barriga e o peito. Um rio de chuviscos brotava do tubo catódico e envolvia o corpo de Rudolf Höss. Nunca esquecerei o som assombroso daquele fenômeno: era o som de milhões de ossos queimando em um forno. Assim morreu Rudolf Höss.

JPZ: A senhora não foi acusada de sua morte? Estavam os dois sozinhos quando ele morreu eletrocutado.

SL: Os restos se transformaram em cinzas. Varri tudo e amontoei num cantinho. Ninguém deu por sua falta até o dia seguinte, quando entraram no salão. Eu disse que o comandante havia saído sem dizer aonde ia. Os oficiais abaixo dele na hierarquia pediram que eu virasse a antena para a América. Então se amontoaram para ver desenhos animados. Logo se esqueceram de Rudolf Höss. Não aconteceu nada desde então.

FONTES
Fakt e Heldane Text

PAPEL
Pólen Bold

IMPRESSÃO
Santa Marta

FSC
www.fsc.org
MISTO
Papel produzido
a partir de
fontes responsáveis
FSC® C011188